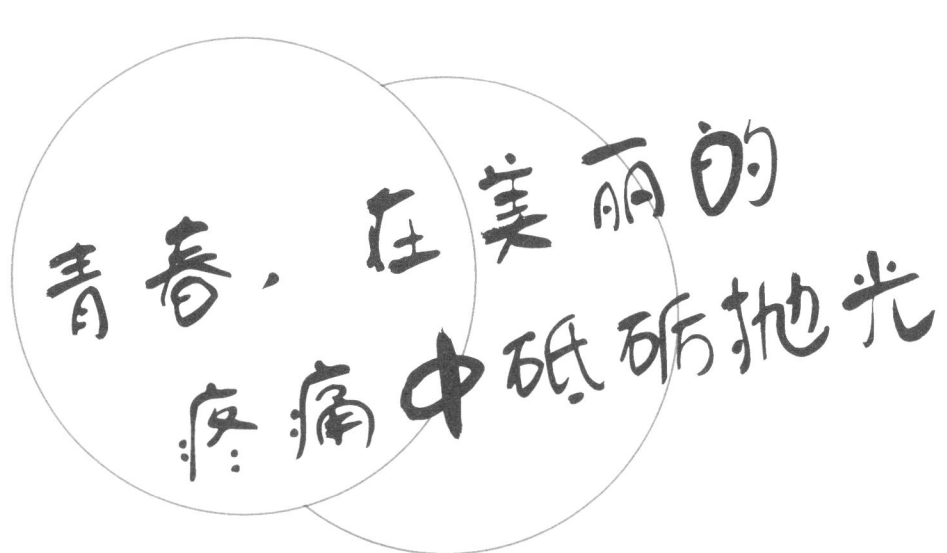

青春，在美丽的疼痛中砥砺抛光

金明春 著

哈尔滨出版社
HARBIN PUBLISHING HOUSE

图书在版编目（CIP）数据

青春，在美丽的疼痛中砥砺抛光/金明春著.—哈尔滨：哈尔滨出版社，2020.6（2024.10重印）
ISBN 978-7-5484-5282-9

Ⅰ.①青… Ⅱ.①金… Ⅲ.①散文集-中国-当代 Ⅳ.①I267

中国版本图书馆CIP数据核字(2020)第080860号

书　　名：青春，在美丽的疼痛中砥砺抛光
QINGCHUN, ZAI MEILI DE TENGTONG ZHONG DILI PAOGUANG

作　　者：金明春 著
责任编辑：任　环　赵　芳
责任审校：李　战
特约编辑：李　路　唐婷婷
装帧设计：刘昌凤

出版发行：哈尔滨出版社（Harbin Publishing House）
社　　址：哈尔滨市松北区世坤路738号9号楼　邮编：150028
经　　销：全国新华书店
印　　刷：北京东君印刷有限公司
网　　址：www.hrbcbs.com　www.mifengniao.com
E-mail：hrbcbs@yeah.net
编辑版权热线：（0451）87900271　87900272
销售热线：（0451）87900202　87900203
邮购热线：4006900345　（0451）87900256

开　　本：880mm×1230mm　1/32　印张：8　字数：197千字
版　　次：2020年6月第1版
印　　次：2024年10月第3次印刷
书　　号：ISBN 978-7-5484-5282-9
定　　价：59.80元

凡购本社图书发现印装错误，请与本社印制部联系调换。服务热线：（0451）87900278

目 录

CONTENTS

>>> 第一辑 把自己变成一片草原

003	把自己变成一片草原
006	在时光里优雅绽放
008	用好心情建造自己的人生建筑
010	花美丽了世界，世界也赠它一枚甘甜的果实
013	每一次善良，都为你树起走出困境的路标
015	即使在纷扰中，也要把自己的生活过得干干净净、鲜活生动
017	用快乐滋养自己的生命之花
019	你不觉得你很好吗
021	让孩子成为鹰

>>> 第二辑 奇迹，为什么会发生在他的身上

025	奇迹，为什么会发生在他的身上
027	书，给了莫言穷困的童年最富有的时光
030	起得很早的歌唱家和睡得很晚的童话大王
032	土坷垃的童年里，读书成了最美的事
035	中国的安徒生
039	在风雪中美丽绽放
043	白鹿原上书写岁月
046	少年张承志
049	大作家的小时候
052	把轮椅放倒，躺下来观察小动物的大作家
057	童话大王的传奇
060	点亮小橘灯的作家
064	不要为了明天的朝霞而错过了今夜的月光
066	用两元钱进外企
069	犹太人是怎样赚钱的

>>> 第三辑 用风雨描绘出美丽的彩虹

风雨描绘的是彩虹	073
袁隆平的为人处世	077
人生的金牌	081

083	风雨给勇敢者的是动能
086	永不放弃
088	机会,总是垂青那些积极努力的人
090	微笑收获成功
091	芬芳的小路
093	用勇敢的翅膀翱翔在梦想的天空中
096	一把雨伞
098	有一种智慧是关爱
100	怎么吃苹果
102	春风化雨
104	父亲告诉我
106	每头大象都不止有一个父亲和母亲
108	用我的声音为你取暖
111	像云一样生活
114	阳光打在心底,温暖便会洋溢全身

>>> 第四辑 没有哪一朵花是丑的

119 你见过哪一朵花是丑的吗
121 没有一棵树是丑的
123 你的微笑,就是我的春暖花开
125 美好,就是比美要好一点
127 大海总是把自己放得很低
129 给自己一个瑰丽的梦
131 做好自己,就会体现自己的人生价值
133 花谢了怕什么,明年还会开
135 你那里下雪了吗
138 沙漠上飞起了风筝
140 温暖的考题
142 即使在伤疤上也要结出芳香
145 谁第一个看到太阳,太阳便会首先把阳光洒向谁
147 是什么,让他们走出了那个山洞
149 如果不敢,那么你一开始就失败了
151 春天来了,花会开
152 谁爱花,花就为谁开放
153 阳光的芳香
155 一根麦穗,到底有多重

让快乐导航	157
今天的盖茨更富有	159
春天就在前面	162
学会宽容，你就会拥有一片广阔的天地	164
那些年，我们也曾玩过的"奔跑吧兄弟"	167
那些年，我们和泥巴在一起艺术创作的事	169
致我们美好的温暖的青春	171
最后一捆韭菜的快乐	173
点亮我们生活的，是温暖的光	176
好习惯，你身边的贵人	178
撕下当天的日历	181
信念坚持浇铸西行路	183
在废墟中站起来	185
为自己埋下梦的种子	187

>>> 第五辑 离成功最近的

191	自信的宝石
192	在杂草中盛开的月季花
194	一个神奇的梦
196	感谢紫罗兰
198	玛丽·居里
200	失而复得的奖章
202	好玩牌的化学家
204	大自然的探索
206	是什么树，果实便说明一切
208	寒冬里，给自己一个春天
210	一朵花，唤醒一个世界
212	给人温暖，也就给自己一个春暖花开
214	遇上你，是我的缘

>>> 第六辑 风雨阳光,给你的每一段
成长以美丽的绽放

219	爱,暖暖的能量
221	最珍贵的礼物
223	尘埃中,也要绽放最美丽的花朵
225	在冰雪中也要绽放美丽
227	两堵干打垒的土墙
229	在泥泞中腾飞
231	一样的材料,不一样的品质
232	出自同一块铁
233	在摔打中才会奋起
235	坚持到第二块糖
236	广告时间请别走开
237	这个寒冷的冬天,他却感到很温暖
239	路的旁边也是路
241	穿越大漠
243	在风雨中绽放出美丽芳香的花朵

>>>

> > > *第一辑*
把自己变成一片草原

在纷繁的世界里,做最好的自己。抛下多余的行囊,背上美好的行囊,扎实地一路走来,遇到最好的自己。在不断的拼搏中,找到奋斗的人生航标,活出出彩的人生。不要去追一匹马,用追马的时间种草,待到春暖花开时,就会有一批骏马任你挑选。把自己变成一片草原,养好自己草原的芳草,做好自己,美好自然来临。

>>>

把自己变成一片草原

心若淡定，幸福自来。心若淡然，美好自来。

在纷繁的世界里，做最好的自己。抛下多余的行囊，背上美好的行囊，扎实地一路走来，遇到最好的自己。在不断的拼搏中，找到奋斗的人生航标，活出出彩的人生。

如何在浮华之中澄澈出一颗恬淡而素雅的心，活出美丽，活出智慧，活出幸福，活出全新的自我，不辜负生命的大好时光？品味屠呦呦的获奖感言，心中澄明了许多：不要去追一匹马，用追马的时间种草，待到春暖花开时，就会有一批骏马任你挑选；不要去刻意巴结一个人，用暂时没有朋友的时间，去提升自己的能力，待到时机成熟时，就会有一批朋友与你同行。用人情做出来的朋友只是暂时的，用人格吸引来的朋友才是长久的。所以，丰富自己比取悦他人更有力量：种下梧桐树，引得凤凰来。你若盛开，蝴蝶自来！你若精彩，天自安排！

2015年诺贝尔生理学或医学奖授予这位中国女科学家，以表彰她发现青蒿素，显著降低了疟疾患者的死亡率。屠呦呦的父亲是位医生，《诗经》中有句"呦呦鹿鸣，食野之苹"，屠呦呦的父亲为屠呦呦取名"呦呦"，其意是鹿鸣之声。屠呦呦从事医学研究，最早是受从医的父亲影响，她从小就喜欢翻看医书。在她家楼顶上，有个摆满各类古典医书的小阁间，这里是屠呦呦童年时的阅览室，是她阅读的天堂。这里摆满了医学图书：《黄帝内经》《神农本草经》《伤寒杂病论》《千金方》《四部医典》《本草纲目》《温热论》《临证指南医案》……在常人看来就像天书一样的医学书，她翻看起来却津津有味。看到前来求医问药的病人喝下父亲煎熬的汤药后病痛有所缓解，她心里对中草药产生了浓厚的兴趣。小小的她还喜欢跟着父亲背起竹篓外出采药，在大自然中，她锻炼了自己的毅力，培养了热爱自然和平民的情怀。这些，对她以后做科学研究也有所帮助。不要去追一匹马，用追马的时间种草。多么精辟的人生感悟啊！

是啊！太多的时候，我们的忙碌其实是盲目的。

我们盲目追逐，把自己累得气喘吁吁，最终却无功而返。

与其追逐远方，不如做好脚下的事。

詹姆斯·卡梅隆，这位导演《真实的谎言》《泰坦尼克号》和《阿凡达》，自称"世界之王"的好莱坞著名大导演，最懂得用追马的时间种草。他用分段式的沉寂来积蓄力量，每次沉寂过后，必有炸雷般的腾起。在他的《泰坦尼克号》达到巅峰时，如日中天的他，却又一次从观众的视野中消失了。

可是，就在人们已经忘记他时，这位沉寂12年的导演，带着他的《阿凡达》又一次震动了世界。呕心沥血打磨14年的《阿凡达》，高超的特技、非凡的想象、奇幻的故事、精美的视觉效果，创下了25亿美元的票房收入纪录。

心若强大，无人能把你击垮。满是破洞、污渍、毛边，有些部位漂洗得发白，看起来很旧的牛仔裤，这个叫作迪赛的牛仔裤品牌在刚创立时，那些有意为之的手工做旧的服装，被人以为是残次品，被人投诉。面对来自多方的指责，罗索"我行我素"，坚持自己的理念。他不去迎合大众口味，决不讨好大多数人，他只是做好自我。他说："我相信顾客的智力，顾客也相信我。"现在，迪赛已经是世界著名的品牌，年销售额12亿美元。赢，不是迎合，而是赢得。

如果世界是一匹马，那我们自己就把自己变成一片草原吧！

把自己变成一片草原，养好自己草原的芳草，做好自己，美好自然来临。

在时光里优雅绽放

她在静守一个人的时光里,坚持优雅和淡然,坚持信念和梦想,坚持着坚韧的力量,坚持着静美绽放的独自芬芳。

就这样坚持了下去,就这样在时光里优雅绽放。她的文字韵致淡雅,静如兰,挺如松。她的润泽之笔静静地描写着那些不堪回首的往事,本应让人扎心地痛,却冷静得让人感叹,正因如此,更显其张力。

她就是杨绛。

一位中国著名的作家、戏剧家、翻译家,通晓英语、法语、西班牙语,93岁出版散文随笔《我们仨》,风靡海内外,再版达一百多万册,96岁出版哲理散文集《走到人生边上》,102岁出版250万字的《杨绛文集》八卷。

该怎样坚持下去?坚持下去,需要一种力量。"你的问题主要在于读书不多而想得太多。有些人之所以不断成长,是因为有一种坚持下去的力量。好读书,肯下功夫,不仅读,还做笔记。人要成长,必有原因,背后的努力与积累一定数倍于普通人。所以,关键还在于自己。""少年贪玩,青年迷恋爱情,壮年汲汲于成名成家,暮年自安于自欺欺人。人寿几何，顽铁能炼成的精金，能有多少？"这句句掏心窝子的话，一句句直砸到我们心坎上。

如果不能抵抗流年，那就反思以应。微笑着，选择了坚持，人生将多么壮丽地绽放。在当下如此浮躁的社会中，你内心的淡定更显珍贵。可是，我们时时刻刻捧着我们"转基因""进化"而来的可移动身体器官——手机，观天下"奇"事，品世间"畸"情。在忘我中，寻找自己的影子；在链接中，进入迷茫；在PS的圆润中，自我陶醉于梦幻的魅影；在碎片阅读中，撕碎思想的翅膀；在手指的游离中，滑落坚持的方向；在喧嚣中留有一份沉静，浮世繁华，不忘初心。

不忘初心，方得始终。别走着走着就停了下来，别走着走着就丢掉了自己。别在不断的张望中模糊了自己的信仰，别在不停的彷徨里失去了原本的初心。

责任，是你坚持下去的力量；担当，是你坚持下去的力量；初心，是你坚持下去的力量；梦想，是你坚持下去的力量；情感，是你坚持下去的力量；信仰，是你坚持下去的力量。

心中驻扎一个信仰，那是你坚持下去的力量。心中升腾起一个梦想，那是你坚持下去的力量。在磨难中磨炼过的意志，那是你坚持下去的力量。

用好心情建造自己的人生建筑

我们的人生其实就是一座建筑。

我们的人生建筑物在我们的手中添砖加瓦，但有时也在我们的手中被破坏。

当我们的心情是好心情时，我们的思想是积极的，此时，我们的人生建筑物便在我们的手中添砖加瓦。当我们的心情是坏心情时，我们的思想是消极的，此时，我们的人生建筑物便在我们的手中被破坏。

我们的人生建筑物，包括事业、家庭，也包括我们的身体和精神。

有好心情，便身心和谐，便在美中建造美的东西。

坏心情，会产生精神毒素，在不和谐中建造的东西一定是不美满的。

快乐，是心灵的阳光。它可以给心灵以温暖，它可以给心灵以光明。快乐，可以使你最大程度地发挥潜能，可以使你创造性地做好某项工作。没有快乐，你便无法完善地做好事情。只有在身心和谐的情况下，才能把工作做到极致。

有一个叫塔·布克的人被捕入狱后，被安排做钟表。他发现无论狱方采取什么高压手段，都不能使他们制作出日误差低于1/10秒的钟表，而在入狱前他却能使误差低于 1/100 秒。起初，塔·布克把它归结为制造的环境，后来，他们越狱逃往瑞士日内瓦，才发现真正影响钟表准确度的不是环境，而是制作钟表时的心情。

在强大的压力面前，你可以完成工作，但你绝对不会最好地完成工作，也不会完成最好的工作。

心灵的静美，通过肢体的精心操作，才会完成精美的产品。压抑，是工作的腐蚀剂。快乐，是工作的催化剂。工作着，是美丽的。前提是，你有一个美丽的心态。快乐地迈开你的人生脚步，你的人生才会步履轻盈。

给自己快乐的心，让自己精美地做好自己。

花美丽了世界，
世界也赠它一枚甘甜的果实

我们应该向花学习。

一朵鲜艳的花开了，它美丽了世界，世界也赠给它一枚甘甜的果实。花是智慧的，善良的，美丽的。

分享，是一种美德。分享，也是一种智慧。

然而，这个理很多人不懂，很多人很难做到。

陶制存钱罐的学名叫作"扑满"。《西京杂记》卷五记载："扑满者，以土为器，以蓄钱；具有入窍而无出窍，满则扑之。"这就是说，存满了钱，它就该被打碎了。著名诗僧齐己有《扑满子》诗曰："只爱满我腹，争如满害身？到头须扑破，却散与他人。"

这是扑满的命运，也是扑满的悲剧。

在以色列农村，每当庄稼成熟的时候，靠近路边的庄稼地四个角都要留出一部分不收割。四角的庄稼，只要需要，任何人都可以享用。他们认为，是上帝给了曾经多灾多难的犹太民族今天的幸福生活，他们为了感恩，就用留下田地四角的庄稼这种方式报答今天的拥有。这样既报答了上帝，又为那些路过此地又没有饭吃的贫困的路人提供方便。庄稼是自己种的，留一点给别人收割，他们认为，分享是一种感恩，分享是一种美德。

无独有偶，韩国北部的乡村公路边有很多柿子园。金秋时节，这里随处可见农民采摘柿子的忙碌身影；但是，采摘结束后，有些熟透的柿子也不会被摘下来。这些留在树上的柿子，成为一道特有的风景，一些游人经过这儿都会说，这些柿子又大又红，不摘岂不可惜？但是当地的果农说，不管柿子长得多么诱人，他们也不会摘下来，因为这是留给喜鹊的食物。

有一年冬天，天特别冷，下了很大的雪，几百只找不到食物的喜鹊一夜之间都被冻死了。第二年春天，柿子树重新吐绿发芽，开花结果了。但就在这时，一种不知名的毛虫突然泛滥成灾。那年柿子几乎绝产。

从那以后，每年秋天收获柿子时，人们都会留下一些柿子，作为喜鹊过冬的食物，留在树上的柿子吸引了许多喜鹊到这里度过冬天。喜鹊仿佛也会感恩，春天也不飞走，整天忙着捕捉树上的虫子，从而保证了这一年柿子的丰收。

只想得、不想舍的人，其结果可能失去一切。大舍大得大境界。

一个人的成就越大，其所要舍弃的也越多。

在收获的季节别忘了留一些柿子在树上。因为，给别人留有余地，往往就是给自己留下了生机与希望。自然界都是相互依存的，一荣俱荣，一损俱损。

给予，是一种快乐。因为给予并不是完全失去，而是一种高尚的收获。给予，是一种幸福，因为给予能使你的心灵美好。与人方便，与己方便。与动物方便,也是与人类自己方便。给予与得到,奉献与获取,并不矛盾。互相关爱,才会使得世界更加美好和谐。

留几枚柿子在树上,那是一道人间最美的风景。

阳光,普照人间。所以它的光辉、它的灿烂,与天地同在。

最亮的星,就是既照亮自己也照亮周围的星。不照亮周围的星,才是暗淡的星。

一朵鲜艳的花开了,它美丽了世界,世界也赠给它一枚甘甜的果实。

每一次善良，
都为你树起走出困境的路标

在一望无际的荒漠上旅行，独有一份苍凉之美，大漠荒凉、寂落、浩瀚、雄浑。撒哈拉大沙漠，无数探险者和考古者走进它。它是那么恐怖，而又充满诱惑，吸引着无数勇敢者投入它的怀抱。但这片被称为"死亡之海"的大沙漠却吞噬了不知多少迷失了方向的人。

1814年的一天，一支考古队走进它。

考古队艰难地跋涉在茫茫大漠上，只见茫茫大漠中到处散布着死者的遗骨。大漠中充满着极其恐怖的气氛。这些前人的遗骨，似乎在警示人们，前方有危险。

但是，考古队队长没有被危险和艰难吓住，反而招呼大家在沙漠的高地挖出一个个深坑，然后让大家把散落在沙漠上的骸骨掩埋起来。这还不算，还让大家用一些树枝或者石块等容易寻到的东西在埋葬遗骨的地方立起一个标志，作为简单的墓碑。由于沙漠中骸骨实在是太多了，这样的掩埋工作耗费了大家很多时间，行进的速度自然慢了一些。

很多队员开始不满了，说："我们是来干什么的？我们是来这里考古的，不是来这里替死人收尸的。这样会影响我们的工作的。"

然而，考古队长依然坚持自己的做法，他坚定地说："大家想想，这些白骨有的可能就是我们的同行，他们无畏的精神，坚强的信念，支撑着他们来此死亡之地探险和研究，我们怎能忍心让他们陈尸荒野呢？"考古队长令人动容的言语，说服了大家。

经过几天的考古研究，他们终于发现了许多古人遗迹和足以震惊世界的文物。他们欢呼着，虽然艰苦的环境和长途跋涉带给他们的是疲惫，但这让人惊喜的发现，还是让他们兴奋不已。

可是，正当考古队准备返回时，风暴来临了，几天几夜漫天风沙不见天日。更可怕的是，指南针此时已经损坏了，他们迷失了方向，不知怎么才能走出沙漠。

但是，考古队队长依然信心满满，他说："大家不要绝望，我们来的时候不是在路上留下路标了吗？"

"什么？我们在来的路上留下了路标？"大家疑惑不解。

队长指了指远方依稀可见的一处他们掩埋骸骨后充当墓碑树起的石头的指引，说："那不是我们留下的路标吗？"

大家恍然大悟，他们按着自己在掩埋骸骨处树起的树枝或石头的指引，走出了大漠，逃离了死亡之地。

《泰晤士报》记者问他们，在迷失方向的茫茫大漠中是怎么走出险境的？他们深有感悟地说："是内心的善良，让我们为自己留下了路标！"

每一次善良，都为你树起走出困境的路标。

善良，是一种方向。

沿着善良，你永远不会迷路。

即使在纷扰中，
也要把自己的生活过得干干净净、鲜活生动

如何在纷扰的世界里，把自己的生活过得干干净净、鲜活生动？

乔布斯说："我喜欢极简生活。"他的生活，确实也极简，也正是由于生活上的简约，才使得他能有更多的精力用于工作和创新。1997年，他砍掉了苹果公司70%的项目，接着又砍掉了90%没有特色的产品，让一个公司也跟着他有了极简风格，公司只专注于iMac、iPod、iphone、ipad。推出iphone4时，他强调："把最复杂最强大的功能最简单化。"于是，极简的iphone4开创了全球智能手机时代。

敞开胸怀，便拥有了大自然的美丽。1845年，美国学者梭罗来到瓦尔登湖边，就地取材为自己建了一间小木屋，住了下来。"一个人，只要满足了基本生活所需，不再戚戚于声名，不再汲汲于富贵，便可以更从容、更充实地享受人生。"正是这样的简约生活，帮助他创作出著名的《瓦尔登湖》。"我们每一天努力忙碌、用力生活，却总在不知不觉间遗失了什么。面对不断膨胀的物欲，我们需要的是一颗能静下来的心。多余的财富只能够购买多余的东西，人的灵魂必需的东西，是不需要花钱购买的。"

只要心还在,谁也无法把你流放。苏东坡,最懂得品尝生活的美味,一只木碗,盛风,盛雨,盛满月色。苏东坡,最懂得放下累赘多余的行李,天涯海角,一身轻快。

有位老人,一生斤斤计较,欲念重重,拼来拼去,弄得自己郁郁寡欢。退休后,他反思顿悟,懂得了云淡风轻,开始了书法绘画,在水墨渐淡的旖旎中,让油墨的幽香,盛开在时光深处。

素雅的心,才会看到美丽。

简单的,到了极致,一定是美丽的。

静安一处,把自己放空。于是,便有了满满的舒适。

我们对蓝天白云索取得太多了,于是,讨来了雾霾。很多东西,我们放不下。其实,放下贪欲,你会知足常乐。放下面子,你会心生欢喜。放下压力,你会轻松愉悦。

我们收获了许许多多,突然发现,我们丢失了最初的梦,我们找不到自己了。

我们走得越来越累,我们走得越来越远。只有静下来,才会靠近本真的梦。其实,她一直等着你,从未走远。

远离了光怪陆离,梦就会走近你。

幸福,其实就是:众里寻他千百度,蓦然回首,那人却在灯火阑珊处。

只有静下来,才会遇到你自己。

即使在纷扰的世界里,也要把自己的生活过得干干净净、鲜活生动。

用快乐滋养自己的生命之花

她懂得，用心，用爱，滋养自己的生命风景。腰不弯、背不驼、神采奕奕，这是生于1920年的庄淑旗教授给人的最深印象。庄淑旗，为我们演绎着她自己的不老传奇。

庄淑旗，台湾第一位女中医师、日本庆应大学医学博士、日本皇室御医、台湾有名的老中医。这些年，她辞去"御医"工作，开始了专门致力于与百姓切身利益相关的癌症研究和防病工作。

如何保持生命的生动？她的秘诀是：只要做到今天的疲劳，今天消除。庄淑旗推广了多年的防癌运动，她发现，防癌的实质就是教人们如何消除疲劳。她说："今天的疲劳，今天应消除，否则可能导致病痛。"消除疲劳的方法都很简单，每个人一天只要花个几分钟就可以做到。她自己每天睡前都会做伸展操：身体平躺，手脚自然伸直；吸气时右腿屈膝，感觉右腿挤压到腹部；吐气时右腿放下来；换左腿重复动作。奔波的人们，疲于奔命的人们，你们太累了！也该歇歇了。

我想，养生，先要养心。

微笑，是花朵在绽放生命美丽的表情。欢喜，才有生命的蓬勃。

让我们用快乐滋养生命之花。庄淑旗认为，人的很多烦恼都是自己给自己的。除了疲劳，不良情绪也是健康的大敌。"每天拉拉耳朵，告诉自己，只听好的事情，不好的事情不听。每天的开始，我一定感谢天、感谢地，也会向花草道早安，让自己这一天都能过得快乐。"郁闷中，林黛玉只瞥见纷纷跌落的花瓣。于是，黛玉只能葬花。于是，黛玉一边葬花，一边也埋葬了自己。其实，她没有看到，春天的枝头，一朵朵桃花正向她微笑。

　　心安神静时，繁星淡去，也会有月敲窗。

　　月白风清时，寒露盈盈，便会旭日东升。

你不觉得你很好吗

父母的离异,使得他对一切都感到不可信任,他痛苦极了,感觉世界抛弃了他。他来到一个寺庙里,对一位老僧人诉说自己的不幸。老僧人说:"孩子,像你这样生活在单亲家庭的孩子有4000万,世界上不是只有你最不幸。你最起码还有父母啊!他们离异了,但他们还是你的父母啊!要知道,有1200万孤儿,他们从小就失去爸爸妈妈了。和他们一比,你还是幸福的。"

一个孤儿很痛苦,来到寺庙向老僧人诉说自己的不幸。老僧人看了看他,说:"你健健康康的,不缺胳膊不缺腿的,还有什么不满足的呢?孩子!现在有残疾人6000多万。孩子!好好珍惜吧!生活是美好的!"

一个残疾人很痛苦,来到寺庙向老僧人诉说自己的不幸。老僧人看了看他,说:"生命是美丽的,生命是珍贵的。只要活着就是福。现在平均每天有160人死于飞来横祸。有的人早上还生龙活虎,晚上说没就没了。生命只有一次,有生命就有幸福。"

一个死者很痛苦,来到寺庙向老僧人诉说自己的不幸。老僧人问他是怎么死的,他说是地震时遇难的。老僧人说:"很好!""很好?"死者疑惑不解,"我都死了,你怎么还说很好?"老僧人说:"是啊!你是清清白白死的,而且没有经历很长时间的病痛折磨,这不是幸运的吗?"

让孩子成为鹰

鹰将巢穴筑在树梢上,筑在悬崖峭壁上。

再看看它是如何构筑巢穴的吧,它在巢穴里铺上荆棘和石子。对!是荆棘和石子,你没看错。接着,在荆棘和石子上铺上枯草、羽毛什么的,这样,一个鹰巢算是建成了。

这就是它和孩子们的家。

接下来,老鹰哺育着它幼小的孩子,几周之后,老鹰会观察幼鹰长得怎么样了,看看幼鹰是否已经足够强壮了,是否可以独自觅食了。如果答案是肯定的,那么,接下来的事情你可能会感到吃惊:老鹰残忍地搅动鸟巢,让巢里的枯草和羽毛掉落,露出下面坚硬的石子。尽管幼鸟此时惊吓得嗷嗷直叫,老鹰依然做着残忍的事情……巢里可以依靠的东西越来越少了,幼鸟只好抓住荆棘的枝条,抓住这根"救命的稻草",因为只有这样才不会让自己马上掉下去。接下来的事情,你更无法理解,这时候,老鹰会从远处飞过来,将幼鸟从巢穴中推出去。

对!是推出去!

天啊!如此狠毒的父母!

是吗？是它们狠毒吗？

接下去的情景你知道吗？小鹰在坠落的过程中，本能地进行自救，它会本能地张开翅膀，从此学会了飞翔。

鹰之所以是鹰，自有它的道理。

我们的教育方式却恰恰相反。在孩子幼小的时候，甚至到了青少年，我们还是把他们捧在手心里，生怕他们受一点点委屈，娇惯得甚至有些过火。

等孩子长大了，我是说年龄增长了，此时，很多孩子还没有在心理上和处事能力上真正长大。但此时他们已经无奈地走向社会了，社会不是父母，社会不会娇惯我们的孩子。此时，我们的孩子无所适从；此时，我们的孩子以前在父母那里被无原则原谅的骄横，现在却不会得到社会的原谅。现实，会狠狠地教训我们的孩子。

是的，孩子需要爱。哪个父母不爱自己的孩子呢？但是，怎样的爱才是真正对孩子有益的？怎样的爱才是真正的爱呢？人并不是生来就懂得爱，爱是一种能力，一门艺术，是需要用一生来学习的。我们要学会正确地爱孩子。

在孩子还在我们身边成长时，我们应该让他们在我们的适度保护下成长，也应适度鞭策让他们学会长大。否则，在我们孩子年龄增长，但并没有真正地长大或强大时，残酷的现实会对我们还没有长大的孩子按照长大的孩子的标准重重地打击。

做家长的，有时可以学学鹰。

让孩子成为鹰吧！

> > > 第二辑

奇迹，为什么
会发生在他的身上

是什么使他见证了奇迹？

心中驻扎一个信仰，那是你坚持下去的力量。心中升腾起一个梦想，那是你坚持下去的力量。书，给了莫言穷困的童年最富有的时光。书，是莫言饥饿的童年中最丰盛的美餐。阳光给乐观的人以能量，风雨给勇敢者以动能。风云孕育的是甘霖，风雨描绘的是彩虹。

>>>

奇迹，为什么会发生在他的身上

因找不到工作，他曾在街头卖艺3年，饱尝酸甜苦辣。

他从东吴大学日语系毕业后，在找工作时处处碰壁。他最初想进知名日资企业，结果应试时失败。想当翻译，又失败。他给各个阶层的人都表演过魔术，同时要应对各种反应。

他有一次到农村表演，结果被人家泼粪，因为打扰了农民耕作。

一次，他想和广州一位魔术师一起戏弄一个店家，说牙膏可以吃。他们的做法是把牙膏管挤空，灌上巧克力酱，但表演时搭档把道具拿错了，里面仍是牙膏，结果他一口把牙膏全部吞了下去。

他就是年轻的台湾魔术师刘谦。他有一句经典台词："各位，接下来，就是见证奇迹的时刻！"

是什么使他见证了奇迹？

他说："我喜欢失败，在魔术的世界，只有不断地失败才能更深度地领悟其精髓。"把失败当成一种激励，把它作为动力，越挫越勇，哪怕到最后仍是失败。当消极和畏惧占据我们的心态时，我们会被困难击垮。当消极和畏惧占据我们的心态时，我们会远离希望。当消极和畏惧占据我们的心态时，我们会迎来失败。当消极和畏惧占据我们的心态时，我们会丧失机遇。

当积极和努力占据我们的心态时，我们会战胜困难。当积极和努力占据我们的心态时，我们会离希望越来越近。当积极和努力占据我们的心态时，我们会迎来胜利。当积极和努力占据我们的心态时，我们会抓住一切机遇。积极向上，你会看到希望，你会看到广阔的蔚蓝天空。你的心是无垠的天空，你的心是飞翔的翅膀。只要积极向上，你会在高空任意翱翔。勇往直前，你会看到希望的前方，你会看到美好的未来。勇往直前，你会走向希望的前方，你会走到美好的未来。

前方为奋发进取的人铺开阳光大道。

沿着积极向上的道路，你会找到光明的方向。即使在黑夜里，只要你的心是亮的，黎明也会铺天盖地地向你走来。黑夜过后是黎明，阳光总在风雨后。

相信自己，给自己信心，只有拥有信心的人，才会拥有一切。只有坚定信心的人，才会战胜一切艰难险阻。

阳光给乐观的人以能量，悲观的人只在阳光里取暖。

风雨给勇敢者以动能，懦弱的人只在风雨中摇摆。

风雨哺育的是绿色的生命，风雨冲走的是枯败的衰草。风云孕育的是甘霖，风雨描绘的是彩虹。

书,给了莫言穷困的童年最富有的时光

他小学没毕业就辍学了。

离开学校,但他并没有离开书。

油灯下,他津津有味地看书。昏黄的灯光里,他看到的是一个多么美妙的世界啊!

"没油了,别看了。"这是母亲常常提醒他的话。

为看一页书,宁推十圈磨。当现在的孩子需要大人和老师哄劝或强迫才阅读一页书时,小时候的他却为了看上一页书要给人家推十圈磨。他小时候嗜书如命,常常冒着被家长惩罚的风险看书,自己没钱买书,为了看人家的书,宁愿出力帮人家推磨来换书看,即使这样,他也感觉值得。有时候整整推一天的磨才能换来一本书看。你想,一个孩子推一天的磨,还不累个半死?但是他筋疲力尽地抱着一本书回到家里,看到手里的那本书,他还是感到今天赚了。

一天,他借来一本《青春之歌》,如获至宝,但小伙伴只准他借看一天。家里放羊的工作是属于他的,为了看书,他躲进草垛里,偷偷地看起书来,身上被蚂蚁、蚊虫咬出了一片片的红疙瘩。因为没有

去放羊，也没给羊去割草，羊饿得直叫。看见饿了一天的羊和满身草屑的他，妈妈气坏了，揍了他一顿。

爱读书的他，就这样借书读遍了周边十多个村庄的书。谁家有书，他就去谁家借。

他就是莫言，诺贝尔文学奖的获得者。

小时候，莫言的家里很穷，饥饿是他童年最深刻的印象。有一年的大年三十，家里穷得连饺子也没有包。除夕之夜，他是跑到邻居家讨了几个饺子吃。

莫言从小就爱读书，小学三年级时读了《林海雪原》《青春之歌》《钢铁是怎样炼成的》等作品。12岁时因"文革"爆发辍学回家，以放牛割草为业，闲暇时读《三国演义》《水浒传》，无书可读时，他甚至津津有味地读《新华字典》。

他曾自述童年时读书的情形："看'闲书'成为我的最大乐趣。父亲反对我看'闲书'，大概是怕我中了书里的流毒，变成个坏人，更怕我因看'闲书'耽误了割草放羊，我看'闲书'就只能像地下党搞秘密活动一样。后来，我的班主任家访时对我的父母说其实可以让我适当地看一些'闲书'，形势才略有好转。但我看'闲书'的样子总是不如我背诵课文或是背着草筐、牵着牛羊的样子让我父母看着顺眼。"他偷看的第一本"闲书"，是绘有许多精美插图的神魔小说《封神演义》，"那是班里一个同学的传家宝，轻易不借给别人。我为他家拉了一上午磨才换来看这本书一下午的权利，而且必须在他家磨道里看并由他监督着，仿佛我把书拿出门就会去盗版一样。这本用汗水换来短暂阅读权的书留给我的印象十分深刻，那在老虎背上的申公豹、鼻孔里能射出白光的郑伦、能在地下行走的土行孙、眼里长手手里又长眼的杨任，等等等等，一辈子也忘不掉啊。后来我又用各种方式，把周围几个村子里流传的几部经典如《三国演义》《水浒传》《儒林外史》之类，全弄到手看了。那时我的记忆力真好，用飞一样的速度阅读一遍，书中的人名就能记全，主要情节便能复述，描写爱情的警句甚至能成段地背诵。"

读书，使人善于思考。读书，使人深刻，使人睿智。书，给了莫言的成长以营养，给了莫言的成就以滋补。没有书，也就没有现在的莫言。

从山东高密的一个小乡村的贫苦农家走出的莫言，是书为他指出一条人生之路，在这条路上，他一路走来，书是他最不可或缺的行李。

如今，我们用财富装饰我们的生活空间，却很少用书来温暖我们的心灵。再富丽堂皇的装饰，也无法超越书香的优雅气质。如今，我们的触角可以触及世界每一个角落，但唯有读书才能触及我们的心灵。我们可以走得很远很远，但走得越远，离心灵就会越远。读书，才是携带心灵的旅行，它可以在遥遥天涯，感到知己的呼吸。也许书不能解决我们的生活问题，但书可以滋养我们的心灵。书，不可以给你带来昂贵的穿戴，但可以给你带来高贵的气质。当我们远离书的时候，其实我们是远离了一种人生的巨大财富。

书，给了莫言穷困的童年最富有的时光。书，是莫言饥饿的童年中最丰盛的美餐。

起得很早的歌唱家
和睡得很晚的童话大王

多年前，在一个病房里，有两个住院的普通年轻人，虽说他们都是病人，但一个起得很早，一个睡得很晚。这使得双方都很好奇，对方在干什么啊？

睡得很晚的年轻人问起得很早的年轻人："你每天起床那么早，你做什么啊？"

起得很早的年轻人说："我起早是为了练嗓子啊！"

"练嗓子干什么啊？"

起得很早的年轻人说："我要当歌唱家！"

起得很早的年轻人问睡得很晚的年轻人："你每天睡觉睡那么晚，你干什么啊？"

睡得很晚的年轻人回答道："我看书啊！"

"你看书干什么啊？"

睡得很晚的年轻人："我想当作家！"

多年后，功成名就的他们又相遇了。他们的梦想都实现了：睡得很晚的年轻人就是著名作家郑渊洁，起得很早的年轻人就是著名歌唱家阎维文。

一个人的梦想是人生前行的原动力,梦想是一种能量,推动着我们前行的步伐。

梦想,滋养激励人生。

没有梦想的人生,是苍白的人生。

拥有梦想,并为之努力奋斗,才会实现梦想。

我们应该从这些成功者身上汲取那些高贵的品质和奋斗的力量。光环之下,闪烁着他们梦想的光芒。也正是他们的不懈奋斗所积聚起的能量,才发射出这光彩夺目的光芒。梦想,是一个人奋斗的原动力,勤奋地工作,积极向上的激情,这些便构成了成功者的成功元素。奋斗,才能拥有璀璨的荣耀。

沿着美好的梦想不断跋涉,就能抵达美丽的目标。

土坷垃的童年里，读书成了最美的事

1952年，在陕西南部的丹凤县一个叫棣花村的偏僻小村里，一个婴儿出生了。父亲是乡村教师，母亲种地，这个家庭面对这个婴儿的诞生，感觉很平常，就像日出日落。

这个孩子慢慢长大了，但是他的个子矮，还好生病。上学了，他对学习抓得也不紧，既不会唱歌也不会跑步，数学成绩平平。但是奇怪的是，这个小孩作文写得相当棒。他很小的时候就显示了他的作文天赋，在一次作文比赛中，他的作文得了第二名。

他的头发很长，特别是脑门上的那一缕头发更长。好酷！更好玩的是，在他写作业时，那缕头发就会来"捣乱"，那缕头发调皮地垂下来，这时，他很帅地一甩头，那缕头发就会听话地被甩上去。

于是，小伙伴给他取了个绰号叫"一撮毛"。

这里，到处是土坷垃。在他的童年记忆里，满是黄土，但在这满是土坷垃的童年里，读书是最美的事。

对于贫困生活中的他来说，在读书时，心地便会繁花似锦。当时农村很少有书看，就是《红岩》《水浒传》《三国演义》这几部书。书，成了奢侈品、稀罕物。他看见书，就像猫遇到了腥。他似乎患有文字"强迫症"，见到有文字的东西，他的注意力便会聚焦在那里。他每到一处，就会被书报吸引。文字，对他是一种强大的诱惑。他有一次去县城一居民家，看见了人家家里有一本《红楼梦》，就像猎人发现了猎物，不顾一切地抓起了那本书。

那时候的农村，没有报纸、电视，晚上没有事干，他就去听邻居讲故事。但听故事需要"买门票"，就是给人家讲故事的人干点活，比如推石磨啊，挑桶水啊。每次他都听得津津有味，然后把听来的故事写下来。他后来写的那部《老生》里的内容基本上都是他听说过或者经历过的事情。

读书，会使人感到即使在雪花飘扬的季节也有一种芬芳和温暖的气息扑面而来。书，一次次叩动着他的心弦，一次次开启了他的心智。

17岁，他干活时在工地上看到一本没有封皮的书，当他翻看这本书时，一个奇怪的念头产生了：哼！书不就是人写的吗？他们能写，我也能写。有个这个念头以后，他就开始模仿着写作。正是这个作家梦，诞生了一位著名的作家，他就是贾平凹。

文字散发着作者的气质，闪耀着生命和人性的光辉，彰显着作者的志趣与追求，洋溢着隽永的生命意蕴。作家探求生命本质，有着率真的个性，他保持着一种坚守艺术人生、关注现实的写作姿态。他出版的主要作品包括《浮躁》《废都》《白夜》《土门》《秦腔》《高兴》等。作品以英、法、德、俄、日、韩、越等文字翻译出版了二十余种版本。曾获全国文学奖多次，2008年《秦腔》获得第七届茅盾文学奖。作品还获过美国美孚飞马文学奖、法国费米娜文学奖和法兰西共和国文学艺术荣誉奖。这位被称为文学鬼才的作家,有着鲜明的特点,如同茅盾文学奖的授奖辞所说:"他笔下的喧嚣,藏着哀伤,热闹的背后,是一片寂寥,或许,坚固的东西都烟消云散之后,我们所面对的只能是巨大的沉默。《秦腔》是当代小说写作的一记重音,也是这个大时代的生动写照。"

他认为,我们青少年若要培养写作能力,要注意三个方面。一是培养想象力,活跃思维。二是培养观察力。三是培养表达能力,准确有趣地表达。

中国的安徒生

同学们都喜欢看儿童文学作品吧？在文学作品里，有有趣的故事，有美丽的童话，可以给我们的童年增添无穷的乐趣。这些让我们喜欢的儿童文学作家中，有一个作家你一定不陌生，他就是刚刚获得"国际安徒生奖"的曹文轩。

让我们先"穿越"到几十年前苏北的一个小村庄里吧！

这是一个可爱懂事的小男孩，他很小的时候就帮助父母做家务，他烧菜、做饭、扫地、洗碗、养鸡、养猪、养鸭、照顾弟弟妹妹，俨然像个大人。但是，无论多忙，他总能找到时间来做一件自己最喜欢的事情，那就是看书。读书，为小男孩贫穷的生活带来很多快乐。

你知道吗？这个小男孩就是现在的儿童文学作家曹文轩。他可是我们少年儿童特别喜欢的大作家啊！

他和蔼可亲，虽然是作家，但很平易近人。这完全是由于儿童时期家乡人对他的影响。故乡的人善良，在故乡的怀抱里，他童年虽然过得很贫苦，但依然很温暖快乐，吃百家饭，吃百家奶。家里穷，再加上母亲忙，有时没时间照顾他，他就被乡亲们照顾着。

在曹文轩一两岁时，惹人喜爱的他常常被邻居们抱着出去玩。大家都喜欢这个小孩，这个小孩就这样被一家传到另一家，甚至传到一二里地远的一个家庭里。到了晚上，妈妈一家一家地找，需要老半天的时间才能找到孩子。此时的小曹文轩已经吃饱了，因为那些别人家的也正在奶孩子的妈妈已经用她们的乳汁喂饱了小曹文轩。这些，深深扎根在曹文轩的回忆里："这奶水里面，一定包含了很多慈母的善良、慈爱和关怀。正是这些家乡的人，让我始终觉得世界是善的，他们的善良和朴实，构成了清洁的人性之美，他们心灵里面的真善美构成了我创作的主要基调。"你看，儿童时期的经历，对一个人的成长起着多么关键的作用啊！

穷，不可怕。在贫穷中，人往往能学会克服困难，战胜困难。曹文轩的童年，是在贫困中度过的。也许你无法想象，那时他家有时实在没有粮食了，怎么办啊？妈妈说地里长的有些野菜是可以吃的，于是，小小的他忍着饥饿去田野里、河边上拔一些野菜，妈妈洗净这些野菜，切好放进没有油的铁锅中炒啊炒，用来充饥。

曹文轩上初二时，家里依然很贫穷。寒冬腊月，北风刺骨。但曹文轩穿的棉裤却破旧不堪。破旧的棉裤很不结实，经常刚缝补好这里的洞，其他地方又破了一个洞，破了的那些洞龇牙咧嘴地吐出棉絮来，像是故意捣乱似的。更让人难堪的是，有时在同学面前，用力一蹲，"刺啦"一声，不好！裤裆破了，露出了屁股。旁边可是有很多同学啊！还有女同学啊！丢死人了。快！赶紧溜到墙根旁，站在墙壁旁，或者倚着一棵树，来掩饰尴尬。

贫困的童年，磨炼了他的意志，激发了他的梦想。贫困的童年，给了他更多的体验，给了他悲悯情怀和善良的品格，给了他不畏困难、克服困难的品质，也给他后来的写作提供了无穷的力量和灵感。这样的生活，为他提供了更多的经历和体验，也就为他以后的写作带来无穷的灵感。

善良，滋养着他的成长。他说："我一直认为自己的故乡最美，不仅是现实生活场景上的迷恋，更多的是一种美学意义上的迷恋；不仅是表象的迷恋，更多的是对于美好人性的迷恋。"故乡的人是贫穷，但是，他们却是善良和质朴的，他们身份低微，但心底善良，乐于助人。

勤奋，使他在成长的路上勇往直前。在妹妹的眼里，哥哥曹文轩很勤奋，妹妹曹文芳说："哥哥很严厉，尤其是在文学创作上，几乎不太帮我。只是给我开书单，要我多读书。但我明白，他希望我厚积薄发。""哥哥常说，最快乐的事情是看书和写东西。他的写作天赋很高，第一次初中写作文时，就在小镇的作文比赛上拿了第一名，满满一个作文本就写一篇作文。"如今，已经是著名作家的曹文轩依然爱读爱写，他外出的行李箱中，有两种东西必不可少，一个是书，一个是本子。不停地读书、写作，成为他生活中的一种习惯。

爱好，是他读书、写作的动力。我们现在很多人一看书，一写作，就喊累，就喊苦。但是曹文轩却乐在其中。他把读书、写作作为一种乐趣，作为一种"玩"。谁会在做自己感兴趣的工作时喊累、喊苦呢？谁会在"玩"的时候喊累、喊苦呢？兴趣，使一个人的奋斗变得有滋有味。

他有着儿童一样的美丽童心，他喜欢写孩子爱看的书。他有一颗天使般的童心，他的儿童文学作品很受小朋友们的欢迎。安徒生的童话书，为他种下了创作儿童文学的种子。他后来创作了大量儿童文学作品。

曹文轩的长篇小说系列《丁丁当当》被国际儿童读物联盟评为全球最优秀的儿童读物。2016年，又传来振奋人心的好消息：曹文轩荣获2016年度"国际安徒生奖"。国际安徒生奖，被誉为"小诺贝尔奖"，是全球儿童文学的最高荣誉奖。

曹文轩，中国的安徒生。

在风雪中美丽绽放

历经苦难，跨过去，就会遇到春暖花开。

电视剧里的芈月，巾帼不让须眉，优雅地展现才华。风雪袭来吐露芳馨，宛如亭亭玉立的蜡梅。我们可以在剧中抽离出一些滋润心灵、温暖励志的元素，透过影视中演绎的人物和情节，我们可以悟到一些有关教育和成长的道理。

说芈月，先要说芈月的母亲。向氏，芈月的母亲，身份卑微，可以用凄凄惨惨来描述她的一生，但是她心怀美好，这是芈月有着阳光般的性格的缘由。

爱孩子，天性使然。在芈月出生的时候，很多人都认为芈月是一个"祸害"，但芈月的母亲坚决不信。在母亲的信任和爱滋润下的芈月这样说母亲："我的娘亲只是一个陪嫁媵女，身份卑微，受制于人，在那样的时代里，无法掌握自己的命运。但是她爱我，全心全意地爱着我，并且用生命来保护我！""母亲如此爱我，所以世界也爱着我。"芈月虽然很小就失去了母亲，但芈月却从没有失去母爱。芈月拥有满满的母爱。有了母爱的孩子，就有了一切。有了母爱的孩子，就有着足足的人生正能量。

芈月的母亲，用自己的爱和人格影响着自己的孩子。在教育中，有一种潜移默化的巨大力量，那就是人格的力量。一个人的美德和积极向上的心智，是推动一个人前进的动力，是指导一个人成功的旗帜。美德是人生的天空，智慧是人生的翅膀。

父爱如天。在一个人的成长中，父爱相当重要。芈月从小受其父亲楚威王的宠爱。如果小时候的芈月没有父爱，恐怕芈月也就不是这样的芈月了。在剧中，楚威王和芈月的"亲子游戏"，为芈月的童年增添了无比的欢乐，无形之中对芈月的性格培养起了很大的作用。

因为经历风雨，所以她的人生天空有着绚烂的彩虹。小小年纪的芈月，虽是公主之身，但有着丫鬟之命，幼嫩的肩膀有着沉重的负担，失去母亲的她需要照顾两个弟弟，皇宫之中，她识五谷，做家务，更难能可贵的是，她喜欢读书。读书，让芈月有了渊博的学识。阅读，让那穿越千年的经典成为她纯净心灵的甘露。在书里可以寻到文化体温和智慧的光芒，在文化的体温里心灵得到温暖，在智慧的光芒里人生不会迷路。书，有一种气场，那种气场可以使人向上、乐观、智慧、宽广。

皇宫的礼仪让芈月变得优雅端庄。丰富多彩的大自然让芈月天性释放，自然勃发。

做一个有爱有智慧的妈妈吧！教会孩子穷则独善其身，达则兼济天下；教会孩子老吾老，以及人之老，幼吾幼，以及人之幼；教会孩子理性思考；教会孩子爱人者，人恒爱之，敬人者，人恒敬之；教会孩子读万卷书行万里路，培养孩子的学识胆识见识；教会孩子有礼有节。

她像一棵倔强的花草，顽强地生长着，在风雨中滋润磨炼，最后绽放出美丽芳香的花朵。大磨难造就大成就，大意志成就大事业。芈月以太后身份治理秦国长达三十六年之久，而且大大发展了国力。

芈月，有个好妈妈；芈月，也是一个好妈妈。芈月在教育孩子方面也是可圈可点的。所以在她教育之下的嬴稷是历史上的一位好皇帝，他善于用人，处事果断，有勇有谋，为国家和百姓做出了很大的贡献。

相反，再看芈姝。在看芈姝之时，还是要先看芈姝的母亲。芈姝的母亲楚威后，心狠手辣，飞扬跋扈，这样的母亲对子女一边如虎钳般约束，一边又极其溺爱。这就是芈姝不自信、不勇敢、没主见的缘由了。芈姝对待儿子毫无原则地溺爱，助长了嬴荡身上的戾气，注定了嬴荡难成大器。这也可以理解为什么嬴荡竟然因为举鼎而死了。也就是说，纵使你天生拿到一副好牌，那又如何？那也不能保证你人生的棋局最终获胜。

怎样教会孩子健康成长？怎样让孩子懂得暖心地爱整个世界？这是摆在家长面前的一个大问题。

每个孩子都会走过长长的人生，一路上，冷风冷雨要多过暖暖的朝阳。所以，一定在孩子尚小时，教会孩子强大。是磨难，让人早早具备了面对逆境的经验，以及在之后的种种坎坷前从容面对的勇气。

从风雨走向彩虹，从山谷登上巅峰，需要坚实的脚步，需要坚定的毅力。芈月，她像一棵倔强的花草，顽强地生长着，在风雨中滋润磨炼，最后绽放出美丽芳香的花朵。我们无法想象那种艰难，无法理解那种坎坷，大磨难造就大成就，大意志成就大事业。

我们似乎听到芈月的母亲在说，孩子，做一朵蜡梅吧！因为，你的冬天很长，冰雪很大。于是，我们看到了一朵蜡梅在风雪严寒中美丽绽放。

在《芈月传》里，我们可以体悟很多道理。

白鹿原上书写岁月

岁月的打磨，磨出深刻，磨出厚重。

也许，时光是最好的滋养，雨露般哺育着万物，直到它们苍老或成熟。最懂得岁月的，最终成为香甜、熟透的果实；不懂得岁月的，最终成为衰败腐朽的落叶。

1942年的某一天，在西安灞桥区西蒋村，一个婴儿出生了。

这是再平凡不过的事情，就像东边日出西边雨。在这片贫瘠而厚重的黄土地上，他慢慢地长大，最后慢慢变老。

这是岁月刻画出的一张脸，布满皱纹的脸上写着岁月的沧桑，那是岁月留给他的深刻记忆和财富，那里面埋藏着刚毅和朴实，那里面埋藏着果敢和睿智。他爱生他养他的土地。土地，是他生长的地方；土地，是他精神补养的地方。内心强大、善良、丰厚，通过心，用一支笔和一张纸，书写人生，书写岁月。这张岁月刻画出的脸，也刻画着岁月。

土地，是一个人永远的心灵家园和精神故乡。在他的成长中，除了生他养他的黄土地，书也是他精神世界的源泉。书，神奇，浩瀚，会给一个人无穷的精神力量。一部手抄的《论语》，让他感到了书的魅力。

他说:"我小时候很调皮,一次爬到老家的楼上,发现一个破木箱,打开一看,里面放着一本用毛笔誊抄的《论语》,那字体非常工整,父亲说那是我爷抄的,我压根不信,简直跟印刷的一模一样,我对这部书产生了浓厚兴趣,虽然对里面的句子似懂非懂,但从中竟也悟出一些道理。那时候不懂收藏,虫吃鼠咬,屋顶漏雨,那部《论语》最后竟不翼而飞了。"但是,从此这个小男孩和书结下了不解之缘。看书、写书,成为伴随他一生的事情。当我们把写作文看成苦差事时,他对写作却乐此不疲,甘之如饴,他把写作看成世界上最让人愉悦和幸福的事情。初中的第一次作文课上,新来的老师让学生自拟题目写作文。因为以前作文课上都是老师命题,学生按照老师的命题和思路来写作文,这次可以想写什么就写什么,他高兴极了,这次终于可以写自己愿意写的内容了,他把以前写的两首精美的诗歌抄在作文本上。由于诗歌写得太好了,老师和同学们都不相信这是他自己写的。随着时间的推移,他的作文水平逐渐得到了证实。一天,语文老师把他叫到办公室。语文老师说:"我打算把你写的作文《堤》推荐到市里参加作文比赛。我修改了几个地方,你看,这些都是错别字,还有这些句子,你看是不是这样写更好?"他没有想到老师修改得这么仔细,而且还征求他的意见。接着语文老师又说:"把你这篇作品投给《延河》杂志吧!但是,你的字不太硬气,学习也忙,这样吧,这次先由我来抄写,替你投寄给杂志。"

也许,人小时候都会有个飞翔的梦。他小时候很想当飞行员。

一次,他去西安考飞行员,那时候家里穷,那么远的地方需要走着去。他穿的鞋也是破烂不堪,从西蒋村走到钟楼,脚几乎被磨烂了,钻心的疼痛让他难以忍受。这时，他看见了钟楼。第一次看到如此雄伟壮观的钟楼，他的心被震撼了，磨破的脚带来的疼痛竟然奇迹般消失了。

他从小就能吃苦，又有着一颗敏感的心。苦难，是可以锻造、修炼和成就大作为的。他贫困的童年和在黄土地上的阅历，带给他深刻的思想，带给他无穷的写作力量和源泉，也赐予他一部部惊世力作。

他就是陈忠实，中国当代著名作家，中国作家协会前副主席。代表作有短篇小说集《乡村》《到老白杨树背后去》，中篇小说集《初夏》《四妹子》《陈忠实小说自选集》，散文集《告别白鸽》等。长篇小说《白鹿原》获第四届茅盾文学奖。《白鹿原》是陈忠实的呕心力作，是一部描绘渭河平原50年变迁的雄奇史诗，一轴中国农村斑斓多彩、触目惊心的长幅画卷，演绎了黄土地的历史人文风貌。书中映照着人性的光芒，情节的跌宕起伏，如同人生的起起伏伏，多姿多彩。但是，纵使沧海桑田，总有永恒的东西：那就是在人的心中，善良有着无限顽强且神秘的生命力。有一种真正的大爱情怀，一直辽阔在我们的向往里，一直嘹亮在我们的梦想中。

如今，作家虽然已经离我们远去，但他留下的一部部精心力作，作家丰厚的精神世界，那一个个气势磅礴、荡气回肠、惊心动魄的故事，会一次次撼动我们的心扉。

他，心海浩瀚，内心从容，所以他的气势淡定而又磅礴，就像山，气定神闲，气势从容；就像水，九曲回肠，润物无声。

少年张承志

　　一米八的大个子，宽宽的额，浓黑的眉，脸部的轮廓像刀刻的一般，板寸头型，一根根短发坚硬地竖在头上。他总是少言寡语，衣领半敞着，好一个硬汉形象。

　　他就是作家张承志，你很难把这个形象和作家联系在一起吧？

　　童年在他的记忆里是贫困的。护城河，河岸低矮破旧的棚户小屋，这些都是他童年的记忆主题。放学后就在胡同里疯跑，边跑边喊，衣衫被风吹得从两臂后面飘起。

　　快乐、简单的童年时光。

　　爱好广泛，是他的特点，他上小学时喜欢上了画画，上中学时又喜欢上了唱歌。

　　张承志幼年失父，对母亲的爱感受极深，他曾说："我此生此世最爱我的母亲，你不能想象我也讲解不清她是个多么伟大的母亲。"那时，母亲一个月才挣五十元，养一个六口之家，可见多么艰难。母亲善良和疲倦的眼神给他留下很深的印象。他说，那时候母亲累坏了，下班回来，每天都要先蜷起身子，在那间漏雨的矮屋里躺一会儿。他说，在他上小学的时候，有一天，在上学的路上，他突然看到了他母亲的背影：她在人群中走着，她的腰挺得又僵又硬，她的两腿好像迈不稳，但走得又急又重。他说他那一年还不满十岁，但鬼使神差，他突然就默默地跟着母亲往前走。这背影，后来就成了他心底的一尊雕像。我们可以想象，母亲在他童年的记忆里，该是留下多么深刻的印象，对他以后的成长影响是多么深远。母亲的善良、坚毅，潜移默化地传到了他的身上。

1972年，他在北京大学上学。毕业后，他想继续深造、考研。凭着一股子坚韧的劲头，他考取了研究生。硬汉的毅力再次呈现出来：读书、写论文、学日语，他把时间排得满满的，没有娱乐，没有消遣，每天只睡五六个小时。

之前，他在内蒙古东乌珠穆沁旗道特诺尔公社插队，在草原上当了四年牧民，深入地体验了蒙古族牧民的生活。草原的辽阔，给了他宽阔的胸怀。牧民的善良和生活的艰难，更是对他的人生观和文学创作影响深刻。他有一颗善良的心，他拥有坚强的精神信念和温暖的心怀。

他这样来描写自己踏上文学之路的情形：一个放羊小孩，因为控制不住心里的冲动，他朝着一座神秘的高高铁门掷出了手里的羊鞭。铁门隆隆开启，小孩走了进去，眼前绵延着炎热的沙漠、冰封的雪山和丛生的荆棘。小孩害怕了，但铁门早已闭拢。他只能迟疑举步，走上崎岖的小径。他走着，想起自己那一小群羊和温暖的家，眼里涌出了泪。

张承志是中国当代最具影响力的作家之一。主要作品有小说集《北方的河》《金牧场》《心灵史》等，散文集《绿风土》《清洁的精神》

等。精通英语、日语、西班牙语、阿拉伯语、俄语,并熟练掌握蒙语、满语、哈萨克语。1978年《骑手为什么歌唱母亲》获第一届全国优秀短篇小说奖。1980年《阿勒克足球》获第一届十月文学奖和全国少数民族文学创作奖。《黑骏马》《北方的河》分获1981—1982年和1983—1984年全国优秀中篇小说奖。1995年获首届爱文文学奖。2009年获华语文学传媒大奖年度散文家奖。散文《方丈眺危楼》获2015年第十一届十月文学奖。对优秀的作家而言,精神生活是高于物质生活的。张承志始终追求理想主义并顽强地坚守自己的精神信仰。

  作家的魅力,除了来自作品,很大程度来自人格。在脆弱中坚强,在平淡中精彩,在有限中永恒。精神的力量,是一个人前行的旗帜。

大作家的小时候

毕淑敏，朴实得就像邻居大妈，亲切得就像家人一样。

她是国家一级作家、内科主治医师、注册心理咨询师。小时候学习很好，家长希望她做一位女科学家，老师希望她做一位记者。而她却想做女通讯兵，因为她感觉那是一个神气的职业。你看，小时候的毕淑敏还很有个性哪！

毕淑敏很小就很懂事，能帮助母亲照顾弟弟妹妹，但又不影响学习。由于母亲的工作单位离家太远，中午不能回家，毕淑敏就带着妹妹和弟弟在食堂吃饭。下午放学后，毕淑敏一边在炉子上熬着米粥，一边看书，等着母亲回家。你看！多么可爱的毕淑敏啊！

小时候的毕淑敏很喜欢语文，而且，她学习有个绝招，那就是喜欢找反义词。她发现在寻找反义词的过程中，自己对原本的那个词有了更深刻的理解，就像黑和白站在一起，一定显得黑的更黑，白的更白。只有在黑暗中，你才可能看到所有的光。如果黑和灰站在一起，就容易混淆。这个发现，使得她对找反义词乐此不疲，而且受益匪浅。

她小时候，就喜欢写作文。她写的作文经常被评为范文在课堂上朗读。

但是，毕淑敏并不喜欢张扬。

听老师读自己的作文，她也很高兴。但是，下课后有的同学和她开玩笑说："哦，哦，老师又用时传祥掏粪的勺子'刳'毕淑敏啦！"刚学过一篇掏粪工人的课文，在北方话里，"刳"与"夸"同音。

一天，老师说："你近来写得不错。今天下午我还要读你的作文。"毕淑敏说："我有一个小小的请求……您念我的作文时，是不是可以不念我的名字？"老师问："为什么？我还是第一次听到这种要求。你总不能让同学们觉得那是无名氏写的吧？"毕淑敏说："我觉得您读作文，主要是看文章写得好不好。至于是谁写的，并不重要。不说名字，您让大伙讨论的时候，没人拘着面子，反倒更好说意见。"老师一想，毕淑敏说得也有道理，便同意了。

这样一来，效果很不错。同学们充满好奇，发言比平日热烈得多。下课后，大家都喜欢和不张扬的毕淑敏玩，喜欢和爱笑爱活动的毕淑敏跳皮筋。

"嗨，毕淑敏，今天念的范文是你写的吧？"

"不能老是她写得好，我看今天一准是别人写的。"

大家一边跳皮筋，一边喊喊喳喳地问这问那。

有时，毕淑敏被问得烦了，就笑着说："我看像是你写的。"

哈！大家笑得玩得更开心了。

有一次，毕淑敏去了敦煌，回家后眉飞色舞地对母亲说戈壁到处是黄沙，祁连山的雪峰很高等等见闻。母亲说："在你才3个月大的时候，我就怀抱着你，走过西域黄沙迷漫的古道。"啊！母亲这一说，毕淑敏感到很意外。母亲说："你生在新疆，长在北京。难道你是飞来的不成？当年也没有火车可坐。从星星峡经柳园到兰州，我每天抱着你，天不亮就爬上装货卡车的大厢板，在戈壁滩上颠呀颠，半夜才到有人烟的地方。你脏得像个泥巴娃娃，几盆水也洗不出本色……"

毕淑敏这才知道了母亲经历过这么多的苦难。

毕淑敏写的书很多，有《毕淑敏文集》十二卷，长篇小说有《红处方》《血玲珑》《拯救乳房》《女心理师》《鲜花手术》等。她的《学会看病》还被选入语文（人教版）五年级上册第20课。说不定哪天你在课本上要学习这一课哪！

毕淑敏获奖很多，曾获庄重文文学奖、小说月报百花奖、当代文学奖、陈伯吹儿童文学大奖、北京文学奖、昆仑文学奖、解放军文艺奖、青年文学奖、时报文学奖、联合报文学奖等。

朴实的毕淑敏，亲切的毕淑敏，读她和她的文章亲切而幸福。读她的人生，感悟很多。

把轮椅放倒，
躺下来观察小动物的大作家

  1951年1月4日，下着雪，一场很大很大的雪。
  在这场大雪来临的同时，一个幼小的生命也诞生了。
  这个婴儿慢慢长大。他走出家门，胡同、土路、一个个不一样的院门，是他眼中的世界。然后，他向天上望去，圆圆的太阳挂在天上。他喜欢看太阳，看啊，看啊，直看得他眼前发黑。他闭上一会儿眼，然后再看。
  为什么他喜欢看太阳呢？
  原来，他是跟着奶奶长大的，他盼望见到妈妈。他曾经问过奶奶："妈妈是不是从那太阳里回来？"
  上小学了，他的贪玩、顽皮是出了名的。他住的地方有一座庙，年久失修，早已破落。放了学，他和他的伙伴们不回家。他们有一个去处，就是这个庙。在这里，他们发现了草丛中的死猫。在这里，他们发现了老树上的鸟巢。在这里，他们拥有了快乐的童年。护法天神的兵器成了他们的游戏兵器。他们挥舞着护法天神的兵器，在大殿中跑来跑去，"砍砍杀杀"。他们模仿着一场场战斗的场面，"硝烟"弥漫着整个庙宇。

在这里，他们还可以捉蚂蚱、逮蜻蜓、弹球儿、扇"三角"，玩得不亦乐乎。

有时，这里也成了他们集体阅读的地方。那时，大家都买不起小人书，但又特别喜欢看，怎么办？只好租来看。"众筹"更是租书省钱的好办法。有时租期紧，大家没法轮流看，就来这里，大家一起看，有一个人捧着画书，其他人围在一旁，围拢在一起来看。等到所有人都说看完了，才翻下一页。为此，大家都埋怨看得最慢的那个人："真慢！真笨！"

当然，这里也是他们抄袭作业的好地方，因为这里没有老师没有家长，可以放心大胆地抄袭。

写完了的，抄完了的，便开始了游戏，并且在游戏玩耍中发出夸张的声音来刺激那些还在抄作业的同伴。早已心不在焉却还在抄作业的同伴一边抄，一边喊："你们慢点玩，等等我！"

他是奶奶带大的，他喜欢听奶奶讲故事，因为奶奶讲的故事与别人讲的不一样。别人讲：地上死一个人，天上就熄灭了一颗星星。但奶奶讲：地上死一个人，天上就又多了一颗星星。他问奶奶："为什么地上死一个人，天上就多了一颗星星？"奶奶说："人死了，就变成一颗星星。"他问："干吗变成星星呀？"奶奶说："给走夜道儿的人照个亮儿……"

这些，无疑在他幼小的心灵里埋下了善良的种子。

他很孝顺奶奶，奶奶常常腰疼、背疼，他站到奶奶身上给奶奶踩腰、踩背，奶奶轻松多了，不停地夸奖他："小脚丫踩上去，软软乎乎的，真好受。"他说："那我长大了，还给您踩腰。"奶奶笑着说："哟，等你大了,成了男子汉了,都一百多斤了,那还不把我踩死?"

校园里的空地上种上了花。老师把几块木牌立在花圃的边沿上,木牌上写着:让祖国变成美丽的大花园。学校举行庆祝"五一"节文艺演出,老师扮成一棵大树,学生们扮成花朵。

扮演大树的老师说道:"啊,春天来了,山也绿了,水也蓝了。看呀!孩子们,远处的浓烟是什么?"

扮演花朵的学生们齐声回答:"是工厂里炉火熊熊!是田野上烧荒播种!是时代的车轮滚滚向前!"

扮演大树的老师说道:"想想吧,桃花、杏花和梨花,你们要为这伟大的时代做些什么?"

扮演花朵的学生们齐声回答:"努力学习,健康成长,为人类贡献甘甜的果实!"

他很喜欢这个老师。老师的脖子过于细长,喉结又太突出。有的学生便给他起了个外号叫"鸡脖",但他听到有同学喊老师的外号,便很不高兴,他认为那样太不尊重老师了。

他慢慢长大了。

后来,他也经历了很多。可是有一天,他瘫痪了。

这对他的打击无疑是沉重的。痛苦之后,他没有停下思考,并且开始了写作。

观察,是写作的基础。观察的姿态,也反映了作家对事物的姿态。

他经常去地坛,他把轮椅放倒,躺倒,把视线、视角放低了,只为更仔细地观察小动物、小植物。正是在这种姿态的观察下,他才写出下面的精美的文字:

"园墙在金晃晃的空气中斜切下一溜阴凉,我把轮椅开进去,把椅背放倒,坐着或是躺着,看书或者想事,撅一杈树枝左右拍打,驱赶那些和我一样不明白为什么要来这世上的小昆虫。"

"蜂儿如一朵小雾稳稳地停在半空;蚂蚁摇头晃脑捋着触须,猛然间想透了什么,转身疾行而去;瓢虫爬得不耐烦了,累了祈祷一回便支开翅膀,忽悠一下升空了;树干上留着一只蝉蜕,寂寞如一间空屋;露水在草叶上滚动,聚集,压弯了草叶轰然坠地摔开万道金光。"

"满园子都是草木竞相生长弄出的响动,窸窸窣窣窸窸窣窣片刻不息。"

他就是史铁生,著名电影编剧,小说家。

他的主要作品有:中短篇小说集《我的遥远的清平湾》等;长篇小说《务虚笔记》;散文、随笔集《我与地坛》《病隙碎笔》《命若琴弦》。史铁生是当代中国最令人敬佩的作家之一。他严于律己,品德高尚,是作家中的楷模。2010年12月31日凌晨3点46分,史铁生因突发脑溢血在北京宣武医院抢救无效去世。根据其生前遗愿,他的脊椎、大脑将捐献用于医学研究;他的肝脏将捐给需要的患者。

他获得了华语文学传媒大奖2002年度杰出成就奖,授奖词是:

他的写作与他的生命完全连在了一起,在自己的"写作之夜",史铁生用残缺的身体,说出了最为健全而丰满的思想。他体验到的是生命的苦难,表达出的却是存在的明朗和欢乐,他睿智的言辞,照亮的反而是我们日益幽暗的内心。他的《病隙碎笔》作为二〇〇二年度中国文学最为重要的收获,一如既往地思考着生与死、残缺与爱情、苦难与信仰、写作与艺术等重大问题,并解答了"我"如何在场、如何活出意义来这些普遍性的精神难题。当多数作家在消费主义时代里放弃面对人的基本状况时,史铁生却居住在自己的内心,仍旧苦苦追索人之为人的价值和光辉,仍旧坚定地向存在的荒凉地带进发,坚定地与未明事物做斗争,这种勇气和执着,深深地唤起了我们对自身所处境遇的警醒和关怀。

他的身躯无法站立起来,但是他的精神像一座宏伟的建筑屹立在我们的文化时空里。

童话大王的传奇

童话大王郑渊洁,他的童话神奇美丽,他的经历像一个神话。

他的父亲酷爱读书,他两三岁的时候,父亲就常常抱着他看书。所以,他的印象里父亲总是不停地看啊,写啊,这种印象像一枚种子埋在他童年的记忆里。

他上小学二年级时,在一次语文课上,老师出了一个作文题目"我长大了干什么",同学们个个都有自己的远大理想,有的写长大了当文学家,有的写长大了当科学家,有的写长大了当飞行员,但唯独他特立独行、剑走偏锋,他写的是长大了当掏粪工人。

同学们看到后都哈哈大笑。

那个时候,我们国家正宣传一个叫时传祥的劳动模范,他的职业正是掏粪工,所以郑渊洁认为掏粪工很伟大。

大约过了一些日子,在一次语文课上,老师说:"郑渊洁,你站起来!"

他吓了一跳,想自己又闯什么祸了,是没有写好作业?是上课又走神了?他胆战心惊地站起来,老师说:"你上来领两本《优秀作文选》，你的作文被推荐刊登在校刊上了。"

"哇！"郑渊洁在心里喊道，他高兴极了。

原来，老师看了他的那篇作文以后，老师认为这个理想不错，便把这篇作文推荐到校刊上，不久，一篇长大了想当掏粪工的作文在校刊上发表了。

多年后，他说到此事，打趣地说："可能全市就我一个学生想长大了当掏粪工，老师是担心几年后北京没人掏粪，粪流遍野，赶紧用刊登作文立此存照的方式和我签约。从那天开始，我就产生一个错觉，这个世界上写文章就我写得最好，谁也写不过我，这个错觉一直保持到今天。"

还有一次，语文老师出了一个作文题叫作"早起的鸟有虫子吃"，他又别出心裁，出人意料地把题目修改成了"早起的虫子被鸟吃"。

成名后的他认为，学习成绩不好的学生依然可以有出息，赞美的力量是非常强大的。一次，他在一所学校的一个班里选出成绩榜上排名靠后的一些"差生"，并赠送他们每人一本自己写的书。那些所谓的"差生"受宠若惊，高兴极了。他们打开大作家赠送的书，只见扉页上还签了大作家的名字，上面写道："你是最棒的！"

有一次，他在为《童话大王》做签售，读者排了很长很长的队，终于轮到签名的一个二年级小女孩，一边激动地等眼前崇拜的大作家签名，一边羡慕地看着大作家身旁的一位助理，心想，能经常在大作家身旁多好啊，就像这个助理一样。于是，她怯生生地问郑渊洁："叔叔！我长大了能给你当助理吗？"郑渊洁说："好啊！当然可以呀，你好好学英语，我助理中没有会英语的，跟外国人谈话老吃亏。"这个小女孩问:"您能把这句话给写在书上吗?"郑渊洁就在书上写上了这句话。

谁知这事被小女孩当了真,小女孩原本是全班倒数第一,但是,自从这事以后,她变了,她成绩迅速提升,后来考上广州外国语学校。毕业了,她跑到北京来找郑渊洁。郑渊洁笑呵呵地想,自己怎么不记得有这回事啊。谁知女孩当场掏出了那本签名的书,郑渊洁一看,上面还真有自己的签名和留言:"学好英语,大学毕业以后到我这儿来,给我当助理。"

没办法,郑渊洁就把女孩留下来做自己的助理了。

"熊孩子"都有被老师叫家长的经历,但是作为童话大王的儿子却大不同。

他的儿子郑亚旗上小学时,一次,郑渊洁被叫到学校,老师批评说他儿子课间休息时和同学去操场探险。谁知郑渊洁走到儿子座位边,没有暴风雨般数落儿子,而是悄悄地对儿子耳语:"小伙子!干得好!皮皮鲁就是这样探险的。你真棒。以后不在学校探险了,明天咱们罢课,我带你去北京植物园探险。"

童话大王郑渊洁,曾经当空军地勤维修飞机,也曾当工人负责看管工厂的水泵。他是1985年创刊至今的《童话大王》半月刊的唯一撰稿人,其笔下的皮皮鲁、鲁西西、舒克、贝塔和罗克在中国拥有亿万读者。他认为,一个人的可贵的想象力和好奇心很重要。满脑子奇思妙想的郑渊洁为我们创作了很多脍炙人口的美丽童话。

点亮小橘灯的作家

金波,全名王金波,1935年生于北京,祖籍河北冀县。结集出版的有诗歌、童话、散文、文学评论等四十余种,选集有《金波儿童诗选》《金波儿童诗集》《金波童话》《金波儿歌》《金波作品精选》等。作品曾多次获得国家图书奖、"五个一工程"奖、中国作家协会全国优秀儿童文学奖、宋庆龄儿童文学奖、冰心儿童图书奖。1992年获国际安徒生奖提名。

那是金波上小学三年级时的事情了,语文老师说:"今天的作文是写一首诗。"

诗?什么是诗啊?金波那时还不懂诗歌,但是,他凭着感觉开始写了,童趣、天真,也许本身就是一首很美的诗歌。写完后,交给了老师,老师反复看了好几遍,很认真地问:"金波!这首诗是你写的吗?"

金波看到老师严肃的样子,很是害怕。坏了!自己乱写的,是不是写得不认真啊?要挨批评了?金波战战兢兢地轻轻地点了一下头,怯生生地说:"是。"声音小得几乎连自己都听不见。

老师用怀疑的目光看着他,金波更害怕了。这时,金波的同桌站起来说:"老师,我能证明这首诗是他写的。我是看着他一笔一笔写完的。"

第二天,金波的那首诗登在学校的板报上了。原来,那首诗写得很美,起初连老师都不敢相信是一个三年级小学生写的。

小时候,他最喜欢听母亲唱童谣,他陶醉在美丽动听的歌谣里,也兴高采烈手舞足蹈地跟着母亲一起唱。母亲教他和小伙伴们一起边唱童谣边玩游戏。金波的性格爱好和后来的儿童文学创作,无疑是受了母亲潜移默化的影响。

小时候,金波在母亲那里还学到了很多生动形象的语言,比如:远亲不如近邻、家宽不如心宽、人不能太贪、不能蹬鼻子上脸。

金波穿上干净衣服出门,不一会儿再回到家时,衣服已经搞得脏兮兮、皱皱巴巴的了。

"看,这衣服像是从眼药瓶里掏出来的!"母亲说。

没有多少文化的母亲说出了如此生动的话,金波听了笑起来。

笑过之后,他读懂了母亲,他以后知道要保持服装整洁了。

父亲喜欢看书,也收藏了很多书。这给小时候的他看书带来极大的方便。刚识字时,金波就有模有样地翻看爸爸的书。再大一点,金波开始在一个小本子里抄写作家的名句和他喜欢的形容词。

金波说:"我小时候很寂寞,不属于大胆淘气的孩子。我的精神寄托就是大自然,我会在自然中发现很多有趣的事情。遇到不高兴的事情,我也会到大自然走一走,我的心灵和那些树木、流水和小草交流很放松。我热爱大自然,不是单纯欣赏美,还关注着它们的生活,想象着它们的命运。和大自然交流,实际是在和生命交流。"

人的想象力，特别是儿童的想象力，对创作儿童文学极其重要。有童心很重要。保持童心，就能保留童年的想象力。

他认为，读书要从童年开始，要把阅读当成一件大事来做。一个小学生，如果到了三四年级，还没养成阅读的好习惯，那便是生活中一个很大的欠缺。以后随着年龄的增长，这种阅读习惯的养成就会更加困难。阅读会带给一个人美好的人生，不阅读会从负面影响人的一生。

一天，金波先生的一个学生带着小女儿一起来拜访金波先生，大人们在客厅里谈话，小女孩在一旁安静地画画，一幅美丽的《苹果小人儿》图画画完了，小女孩把自己那带有儿童稚拙、纯真的画送给了金波爷爷。接过小女孩的图画，金波先生很高兴，心想：拿什么礼物来回赠小女孩呢？正好茶几上有一些橘子，他便仔细挑选了一个橘子，小心翼翼地剥开，用橘子皮装上了一支小蜡烛，哇！一盏漂亮的小橘灯做成了，他与小姑娘一起点亮了小橘灯，小橘灯放射出橘黄温暖的光，照耀着他和小女孩微笑的脸庞。他把这盏漂亮的小橘灯送给了小姑娘。并且两人彼此承诺要好好珍惜各自的礼物。

不久，一本灵感来自小女孩画作的童话书诞生了，那就是《苹果小人儿》。

又过了许多年，早已长大了的那个小女孩也一直记得老人为她做的那盏漂亮的小橘灯。

老人也一直忘不了和小女孩一起点亮小橘灯的那个夜晚。因为，老人认为小橘灯里有最真诚的交流，有最纯朴的告白，有最平等的探讨和最快乐的共享。他说："我为孩子们写作，就是在这样回归童年的感受中写下了字字句句。或者说，当我在生活中，有时被感动了，有时有一些感悟了，我第一个愿意诉说的对象就是孩子。"于是，《点亮小橘灯——金波80岁寄小读者》诞生了，书中字里行间洋溢着美丽的童真童趣。

为了写《瓢虫日记》，他花了18天的时间仔细地观察瓢虫，每天都写观察日记。他蹲下身来，两眼紧紧盯着瓢虫，看它们爬来爬去。

八旬老作家金波，现在依然继续写童话、儿童诗，这样可以让自己永远不远离童年。他永远在童年里，从未走远。

不要为了明天的朝霞
而错过了今夜的月光

看到这样一篇文章,文章说:

记住你只能活一辈子。随缘,但不是说不努力。为了你的身心健康,可养一只宠物,为了宠物的身心健康,就不要养了……据说它们太孤独了也会得忧郁症。同事的恭维就像香水,可以闻闻,但不要喝。真诚地微笑,别怕皱纹。任何东西都不能以健康做交换。床头放一本好书。每天笑笑对身体好,如果经常有人给你讲笑话,你是很幸运的。找一项感兴趣的体育活动,坚持下去。不要常常计算得失,那是保险公司和你的对手的事。工作之余,尽量在室外活动。简单地说,常常让你微笑的人就是好人。你看上去有多大,其实就多大。要快乐,要记住你只能活一辈子。

多么经典的感悟!

对待身边的一朵花,应该用微笑。对待身边的一朵花,应该给它浇一浇水。

风小时,面向它,让它为你吹拂抚慰。

风大时,背向它,让它推着你前行。

不要忽略离你最近的东西。

是啊！人只能活一辈子，活好当下，是多么重要。

不要为了明天的朝霞而错过了今夜的月光。

把你身边最近的事做好，你才能有个好梦。把你身边最近的事做好，你才会有心情迎接明天的朝霞。

用两元钱进外企

毕业前夕，学生们都为应聘而发愁。

他们说，现在社会太复杂了，简直使人无所适从。招聘会上考官总是用各种稀奇古怪的问题刁难考生，有人搜集各种考题，玩命地死记硬背，忙得焦头烂额。有人怨天尤人，埋怨自己拿不出礼物钱财托关系。

怎么办呢？学生们问教授。

教授说，我给你们讲一个听到的故事吧！

在一次招聘会上，某著名外企人事经理说，他们本想招一个有丰富工作经验的资深会计人员，结果却破例招了一位刚毕业的女大学生。让他们改变主意的起因只是一个小小的细节：这个女大学生当场拿出了两元钱。人事经理说，当时，女大学生因为没有工作经验，在面试一关即遭到了拒绝，但她并没有气馁，一再坚持。她对主考官说："请再给我一次机会，让我参加完笔试。"主考官拗不过她，就答应了她的请求。结果，她通过了笔试，由人事经理亲自复试。人事经理对她颇有好感，因她的笔试成绩最好。不过，女孩的话让经理有些失望。

她说自己没工作过，仅有的经验是在学校掌管过学生会财务。找一个没有工作经验的人做会计不是他们的预期，经理决定收兵："今天就到这里，如有消息我会打电话通知你。"女孩从座位上站起来，向经理点点头，从口袋里掏出两元钱双手递给经理："不管是否录取，请都给我打个电话。"经理从未见过这种情况，问："你怎么知道我不给没有录用的人打电话？""您刚才说有消息就打，那言下之意就是没录取就不打了。"经理对这个女孩产生了浓厚的兴趣，问："如果你没被录取，我打电话，你想知道些什么呢？""请告诉我，我什么地方不能达到你们的要求，在哪方面不够好，我好改进。""那两元钱……"女孩微笑道："给没有被录用的人打电话不属于公司的正常开支，所以由我付电话费，请您一定打。"经理也笑了："请你把两元钱收回，我不会打电话了，我现在就通知你：你被录用了。"

有人问："仅凭两元钱就招了一个没有经验的人，是不是太感情用事了？"经理说："不是。这些面试细节反映了她作为财务人员具有良好的素质和人品，人品和素质有时比资历和经验更为重要。第一，她一开始便被拒绝，但却一再争取，说明她有坚毅的品格。财务是十分繁杂的工作，没有足够的耐心和毅力是不可能做好的。第二，她能坦言自己没有工作经验，显示了一种诚信，这对搞财务工作尤为重要。第三，即使不被录取，也希望能得到别人的评价，说明她有直面不足的勇气和上进心。员工不可能把每项工作都做得很完美，我们接受失误，却不能接受员工自满不前。第四，女孩自掏电话费，反映出她公私分明的良好品德，这更是做财务工作不可或缺的。"

故事讲完了，教授用目光询问学生。

学生们开始鸦雀无声，他们纷纷陷入了沉思，但是他们很快议论开来：

看来找工作并不难啊？

是啊！

不对！关键看你有没有高素质。

真诚的态度，细致的心态，很重要。

良好的素质品格，才是安身立命的法宝。

自信也很重要。

……

教授笑了，说："是的，我们应从这个故事里得到更多的启示。"学生们展开了讨论。是啊！做事就要从小处着眼，脚踏实地。

他们对未来充满了信心。

犹太人是怎样赚钱的

犹太人是怎样赚钱的？

犹太人以其超凡的智慧、高尚的品格和勇敢勤奋，创造出许多奇迹。在创造财富方面，也有许多独到之处。

钱从哪里来？财富如何去创造？犹太人认为，让钱从大脑中蹦出来，这是犹太人的财富观。犹太人认为，对钱财必须具有爱惜之情，它才会聚集到你身边，越尊重它，珍惜它，它越心甘情愿地跑进你的口袋。

对于犹太人来说，生活在这个世界上，赚钱是最重要的事。然而，唯利是图、不择手段的拜金主义者在犹太商人中却少得可怜，他们之中大部分人是合法地赚大钱，正所谓"君子爱财，取之有道"。这些"君子"知识面广，反应敏捷，判断准确。只要有钱可赚，他们不会放过一切机会。

犹太人有自己的一套法则，就是78∶22经商法则。世界的金钱装在犹太人的口袋里。犹太人从人口上说只占世界总人口很小很小的比例，但他们的富有却是众所周知的。无论是在美国，还是在日本，犹太人都在金融界或商业界独占鳌头，百万、亿万富翁不乏其人。犹太人,一个不断创造奇迹的民族,一个智慧的民族。

犹太人深深懂得,靠双手每天挖一座金矿。勤劳,是创造财富不可缺少的。

赚钱的机遇总是垂青犹太人,其实不过是由于他们善于把握机遇运用机会,把机会变成财富。倘若可以多赚1美元,只要有这种机会,他们就绝对不放弃。即使1美元也要赚。"即使是1美元也要赚",这是犹太人的观点。犹太人惯于采取"避实就虚,化整为零,积少成多"的战略,最后战胜强大的对手。实行积少成多的谋略,必须做到心怀大志,对前程自信;如果胸无大志,永难成功。同时,还要具有坚忍不拔的意志和扎扎实实、埋头苦干的精神。犹太人的忍耐,创造出犹太人赚钱的信念:"在忍耐中争取我们应得到的一切,你要为我的忍耐付出代价。"犹太人有坚定的耐心和忍耐力。他们会等待机会,更会创造机会。

犹太人精于赚钱和生命的运算。曾有人算过这样一笔账:假如一天工作8小时不休息,一天可赚400美元,那我的寿命将减少5年,按每年收入12万美元计算,5年我将减少60万美元收入。假如我每天休息1小时,那我除损失每天1小时50美元外,将得到5年每天7小时工作所赚的钱。现在我60岁,假设我按时休息还可活10年,那么我将损失15万美元,15万和60万谁大呢?犹太人很会运作,他们把经营财富与休养生息调整得无比科学。

精明的犹太人,智慧的犹太人,勤劳的犹太人,由于他们是真的爱财富,真的会爱财富,所以,财富便也爱他们。

> > > *第三辑*

用风雨描绘出
美丽的彩虹

风云孕育的是甘霖，风雨描绘的是彩虹。坚强，奋斗，就能成就一切。积极向上，你会看到希望的蓝天，你会看到广阔的蔚蓝天空。拥有信念，拥有毅力，才会拥有成功。

风雨描绘的是彩虹

风云孕育的是甘霖,风雨描绘的是彩虹。

蚌,在痛苦中孕育了珍珠。

有一首歌唱道:"你若不压橄榄成渣,它就不能成油;你若不投葡萄入榨,它就不能变成酒。"

两岁的小邰丽华,不会明白一次高烧为什么会"烧"掉她的听力。更不会明白,接下来还有更糟糕的事情降临在她的身上,她不能发声了。她还小,她还不知道这些事情。5岁,一次幼儿园小朋友做游戏时,她发现了自己与别的小伙伴的不同。小伙伴们轮流蒙着眼睛来玩辨别声音的游戏,她发现自己无法辨别声音,这对于一个幼小的心灵该是多么沉重的打击。泪水不能冲刷掉残酷的现实,小小的年纪,她将面临命运的挑战。

小邰丽华很受老师的喜爱,她的老师说:"也许是文化课功底较好的缘故,她比别人勤于思考,更善于琢磨用舞蹈来表达情感。"正如她的老师说的那样,小邰丽华最喜欢律动课,因为她不能用语言表达她的情感，只有舞蹈才能更好地表达她的情感。老师踏响木地板上的象脚鼓，把震动传达给地板上的学生，让他们明白什么是节奏。小邰丽华趴在地板上，感到了那似乎来自"天堂"的美妙信息。为了感受声音和音乐，小邰丽华把小小的脸贴在录音机喇叭上。只要电视里一播放舞蹈节目，她就目不转睛聚精会神地盯着电视。

老师和父母看在眼里喜在心上，便有意识地对小邰丽华进行舞蹈方面的培养。

她还记得有一次父亲从外地出差回来时给她带回一双白舞鞋。这份礼物非同小可，这可是小邰丽华最喜爱的东西啊！小邰丽华穿上舞鞋欢快地跳了起来。这一份礼物，送到了小邰丽华的心上，也为她在心里埋下了热爱舞蹈的种子。

在专业舞蹈团体训练时，她遇到了很多困难，是坚强的毅力和对舞蹈的喜爱，使得她刻苦训练并不断进步。她每天都要挤时间训练，比别的队员付出更多的汗水，投入更多的时间，练得身上总是青一块、紫一块，有时膝盖被磨得流血、红肿。孝顺的邰丽华为了不让妈妈看见自己身上的伤，怕妈妈心疼，即使在很热的天气里她也是穿着长裤子来遮挡身上的伤。多么孝顺的孩子啊！

舞蹈家杨丽萍在看了邰丽华跳的《雀之灵》后，感慨万分，她由衷地佩服这个女孩子，说："我创编了《雀之灵》这么多年，如果听不见音乐，我都不知道自己还能不能跳出那种味道来，而你竟然跳得这么好，真不简单！"

大学，一直是邰丽华的梦。1994年，邰丽华考上了湖北美术学院，学习装潢设计，圆了她的大学梦。由于听不见老师讲课，她只能靠看老师的口型和板书来领会教学内容。下课后，别的同学都休息或者玩去了，邰丽华却在抄写同学的课堂笔记，陶醉在知识的海洋里。最后，她不但拿到美术专业的学位，而且拿到了文学学士学位，设计的酒类包装还获了奖。我们无法想象，为了取得这样的成绩，她该付出多少汗水，她该克服多少困难。

2005年春节晚会上，舞蹈《千手观音》博得亿万观众的赞许。谁能想到，如此精妙绝伦的舞蹈竟是一些聋哑姑娘表演的。这个舞蹈的难度非常高，由于聋哑人听不到声音，又要求动作统一协调，光排练就花费了近一年时间，演员们在表演时只能用余光看手势，时间配合上不能差分毫，能表演得这样默契，真的是血与泪的结晶。邰丽华是《千手观音》的领舞，她的经历告诉我们，做自己的观音，命运掌握在自己的手里。

邰丽华在自己的博客中写道："是我们伟大的祖国，给我们插上了飞翔的翅膀；是许许多多善良的人，托起了我们残疾人的梦想。"2010年，邰丽华获聘为广州2010年亚残运会志愿者形象大使，并号召社会各界人士加入亚残运会志愿者的行列。在2010年的全国中小学《开学第一课》上，邰丽华与全国中小学生分享了为梦想努力的经历，鼓励全国中小学生为梦想而奋斗。在世博会生命阳光馆，她们的精彩演出博得观众的阵阵掌声。现在，她是中国残疾人艺术团的团长。这位在无声的世界里创造出一种特殊的美丽的舞者，在给我们带来高雅的艺术享受的同时，更多的是给我们带来了精神上的力量。

《我的梦》是一部由84位残疾人出演的艺术影片。邰丽华是电影《我的梦》的制片人、主演和舞蹈统筹，同时她还为电影配音。她的声音很有力量,而且给人美的质感:"生命,总有价值,哪怕是一棵受伤的树,也献出了一片绿荫;即使是一朵残缺的花,也散发着全部芬芳;于黑暗中体味光明,于无声中感悟音律,于残缺中寻求完美。"

我为她们自强不息的精神所震撼。邰丽华的美丽,不光在于她美丽的舞姿,更在于她坚强不屈的精神。

坚强,奋斗,就能成就一切。积极向上,你会看到希望,你会看到广阔的蔚蓝天空。拥有信念,拥有毅力,才会拥有成功。

做自己的观音。

袁隆平的为人处世

袁隆平,这位获得过以色列政府颁发的沃尔夫奖、泰国公主诗琳通颁发的金镰刀奖以及世界粮食基金会颁发的世界粮食奖的"得奖专业户",有着宽广的胸怀和朴实的品格。

苦并快乐着

袁隆平认为,科学研究和发现发明是一名科学家最为快乐的事情,袁隆平为了研究杂交水稻,简直到了忘我的境界。正午时分,袁隆平一定会出现在离研究中心不远的实验稻田里,水稻中心正式上班时间是下午3点,而此时袁隆平已经从田里归来,因为正午阳光充足,虽然很热,但此时正是观测花蕊的最佳时间,所以,为了研究,他不怕酷暑。他有一个绰号叫作"刚果布"。对此,他很坦然。他笑着说,他天天下田晒得很黑,又比较结实,就像非洲的刚果人一样。正是这种敬业精神,才使得他取得辉煌的成绩。

他还是一个有着丰富想象力的浪漫的人，年轻时他做过一个梦，梦里他种的水稻像高粱那么高，穗子像扫把那么长，颗粒像花生那么大，他和几个朋友就坐在稻穗下面乘凉。多美的情景啊！

谦虚朴实

中国农民都说吃饭靠两平，一是邓小平，一是袁隆平，然而袁先生对此表示，他只是做了一点点工作。多么谦虚的一个人啊！多么可爱可敬的一个人啊！

浪漫而务实的袁隆平，必将得到丰硕的成果。

人格的力量

袁隆平甘为人梯，注重培养杂交水稻科研人才，将团结协作看作打开成功之门的钥匙。他捐出奖金，设立了科研基金和农业科技奖励基金；他将实验材料"野败"毫无保留地分送给全国18个研究单位，加速了"三系"杂交水稻研究的步伐。在他的培养和带领下，我国杂交水稻界精英辈出，研究成果层出不穷，30多年来一直处于世界领先地位。

淡泊权力，一心搞科研

1986年，组织上准备考虑让他担任湖南省农科院院长，行政级别属正厅级。但袁隆平认为,他毕生最大的兴趣在于杂交水稻研究。他担心过多的行政事务性工作会影响他的科研。他思量了一番,婉言谢绝了,同时表达了将加入中国共产党组织作为政治上最后归宿的意愿。最后,他只挂了个没有实权的湖南省农科院名誉院长的头衔。他认为,科学研究是他的生命。

感恩的心,袁隆平的知恩图报

20世纪60年代,在他研究杂交水稻身处困境的时候,国家科委九局局长赵石英读到了袁隆平的论文《水稻的雄性不孕性》。赵石英对此文拍案叫好,认为袁隆平是位科学奇才,并给予了他强有力的支持。几十年后,袁隆平功成名就,被誉为"杂交水稻之父",但他始终不曾忘记这位伯乐。20世纪90年代,袁隆平得知赵石英患重病住院,便派专人赴北京看望、问候。赵石英病逝,袁隆平十分难过。为表达对赵石英的思念之情,在隆平高科公益基金会首届颁奖时,袁隆平特意给已故的赵石英颁了伯乐奖。湖南省农业厅原厅长陈洪新是一位早年投身革命的职业革命家,曾在湖南省农科院担任副院长,后任湖南省农业厅厅长兼全国杂交水稻专家顾问组组长,与袁隆平及杂交水稻结下了不解之缘。在杂交水稻三系配套成功后,陈洪新积极宣传,上下呼吁,组织推广,可谓呕心沥血,为杂交水稻在全国范围大面积推广做出了卓越的贡献。陈洪新离休后,举家迁居海南省海口市,可袁隆平仍念念不忘这位老厅长的知遇之恩,他动情地说,"如果没有陈洪新的积极组织推广,杂交水稻这一成果可能只是摆设在阳台上的一瓶美丽的鲜花。"其感念之情，溢于言表。其间，袁隆平每年赴三亚基地育种时，都要去探望这位年逾古稀的老人，且好几年为其祝寿。2006年3月24日，袁隆平又专程从长沙赶往海口，为陈洪新庆祝88岁大寿。此外，袁隆平还出资，嘱咐他的学生谢长江为陈洪新撰写了题为"老骥之志　帷幄之才"（书名为袁隆平亲题）的专著一部，并为该书写序。他的为人处世，处处显示出他的高尚人格。

和青春同行

袁隆平喜欢和年轻人交往。他业余爱好广泛，喜欢开展各种文体活动。每到周末，一些年轻人陪他下棋打麻将，他总是不服输。他约法三章，不准赌钱，不准耍赖（输了就要钻桌子），不讲客气（彼此之间凭实力，不让牌）。他是玩家高手，钻桌子的时候少。看到年轻人钻桌子，他常常乐得哈哈大笑，开心得很。宽厚朴实、谦虚勤奋的袁隆平，显示了他的伟大人格。土地般的踏实，土地般的厚实，正是这些成就了一个人的事业与人格的双丰收。

一个平易近人的袁隆平，一个朴实谦虚的袁隆平，一个可敬可爱的袁隆平，一个真实高尚的袁隆平。

人生的金牌

有一则公益广告，有两组画面：一组是桑兰打乒乓球的镜头，一次次挥拍都落空了，她的表情却始终坚定，直到打到球为止。

她坚毅的模样，给人留下深刻的印象。

她练习打字，由于手指不能活动，她需要戴上一个特殊的工具辅助打字，她的动作很吃力，但表情始终是坚毅的。

她说："过去，我的梦想是拿奥运金牌；现在，我想拿人生的金牌。"

她的脸上始终写着：坚毅。

因为，她的心底藏着梦想。

一个人的梦想是人生前行的原动力，梦想是一种能量，推动着我们前行的步伐。

梦想，滋养激励人生。

没有梦想的人生，是苍白的人生。

没有梦想的人，是可怜的人。

拥有梦想的人，是幸福的人。

没有梦想的人，是贫穷的人。

拥有梦想的人，是富有的人。

心有梦想，便会表现出坚强的意志。这是梦想的力量，这是梦想的光芒。

人生是一个更为广阔的赛场，只有那些心怀梦想并为之不断奋争的人才会夺取人生的金牌。

风雨给勇敢者的是动能

有两个人开车出去旅游,不幸遭遇山体滑坡,两辆车都被压在了土石中。

其中一辆车里的人想,这下完了,外面积压着沉重的土石,根本不可能生存了。这里离村庄很远,即使有人来救助的话,恐怕自己也早已窒息死亡了。他被恐惧和困难吓倒了,消极地等待死亡的来临。

而另一辆车里的人想,即使有天大的困难,也要逃出去。她开始用手挖堆积的土石,她的手指磨破了,鲜血染红了土石。她忍着剧痛,经过很长时间才挖出一个出口,她得救了。

当消极和畏惧占据我们的心态时,我们会丧失斗志,从而失败。

勇往直前,你会看到希望的前方,你会看到美好的未来。勇往直前,你会走向希望的前方,你会走到美好的未来。

前方为奋发进取的人铺开阳光大道。

心态决定命运。

有人问古希腊思想家阿那哈斯:"什么样的船最安全?"阿那哈斯说:"那些离开了大海的船。"不走路,才不会摔倒;不航行,才没有危险。

但船离开了大海,也就没有了存在的价值。

相信自己,给自己信心,只有拥有信心的人,才会拥有一切。只有坚定信心的人,才会战胜一切艰难险阻。

风雨描绘的是彩虹,风云孕育的是甘霖。

孟子曰:"天将降大任于斯人也,必先苦其心志,劳其筋骨……"

贝多芬,他是在双耳失聪的痛苦中孕育了音乐的辉煌;司马迁,他忍受着身心的残缺与煎熬,完成了《史记》。

面对不幸,放下了,天地自然宽。用乐观的心来演奏生命之歌,让挫败的人也有站起来的勇气。人生是一连串的未知、不确定,人生中福祸难料又相倚。面对不确定的人生,每个人都应该有自己正确的价值观,才能让自己更有方向感。

一切生命在面临困境、挫折的时候,永远都能创造出新的使命,纵然是艰苦的使命,但永远有新的生机。生命的光彩,正是来自于一次又一次的淬炼。其实在我们的身体内,本来就潜藏着一股非常惊人的能量,当我们把内在的力量慢慢诱发出来时,就能发挥很大的创意与能量。

坚强,奋斗,就能成就一切。不屈服命运,做自己的观音。当消极和畏惧占据我们的心态时,我们会被困难击垮;当消极和畏惧占据我们的心态时,我们会远离希望;当消极和畏惧占据我们的心态时,我们会迎来失败;当消极和畏惧占据我们的心态时,我们会丧失机遇;

当积极和努力占据我们的心态时,我们会战胜困难;当积极和努力占据我们的心态时,我们会离希望越来越近;当积极和努力占据我们的心态时,我们会迎来胜利;当积极和努力占据我们的心态时,我们就能抓住一切机遇。

永不放弃

　　一位游泳健将要再创一项纪录,当她游近一处海岸时,嘴唇已冻得发紫,全身冻得发抖。她已经在海水里游了十六个小时了,她感到难以坚持,要求小艇上的朋友把她拖上来。艇上的人们告诉她已离终点不远,要她再坚持一下。

　　由于当时雾很浓,难以看到海岸,她以为别人在骗她,便再三请求停下来不游了。

　　这次尝试只好以失败而告终。

　　事后她告诉记者,如果当时她能看到海岸,她就一定坚持游到终点。这件事过后,她认识到,事实上,妨碍她成功的不是大雾,而是她内心的恐惧。是她自己让大雾挡住了视线,迷惑了心,先是对自己失去了信心,然后被大雾给俘虏了。

　　后来,她又开始了她的行动。这次浓雾还是笼罩在她的周围,海水冰凉刺骨,她同样望不见海岸。但这次她始终坚持着,她知道海岸就在前方;她奋力向前游,因为海岸在她的心中。

生活中我们也会遇到这种情况，由于我们看不到胜利的终点，在艰难的旅途中，我们往往会停下脚步。要知道，只有在奋斗时始终坚信自己，行途中始终用自信、毅力、心的眼睛坚持，才能望见胜利的彼岸。

看着前方，勇往直前，是成功的秘诀。

也许，成功离我们只差一步。但往往就是在这一步之遥时，我们放弃了坚持，放弃了努力，因而，也就放弃了成功。

永不放弃，是成功的宝典。

坚持，是成功旅途上的一面旗帜。谁始终高举着这面旗帜，谁就会最终抵达成功。

机会，总是垂青那些积极努力的人

公司准备裁员。

青和梅都在裁员名单上，她们还有一个月时间就得离开公司另谋出路。

梅满腹牢骚，上班无精打彩，迟到早退，甚至连应该完成的工作也搁下不干了。她说："反正要离开了，谁爱干谁干。"

青则不同，她依然勤勤恳恳，甚至更加努力。她想：快要离开了，应把自己的事干好，临走时也要给公司留下好印象。她还给公司提了几条好的建议，说这是给公司留下的"礼物"。

一个月过去了，公司业务有了好转，把裁员的名额减少百分之十。青被留下来了。

机会，总是垂青那些积极努力的人。

机会，不是别人给的，而是自己争取到的。不努力的人，即使机会来了，也会错过。

谋事在人，成事在天。而这个天不仅仅是自然的天，也是自我的内心。

永远以一种积极进取、乐观向上的人生姿态面对生活,你的人生便充满阳光,你便会拥有温暖、光明、信心和力量。

积极向上,是一种人生智慧。

积极向上,可以积蓄人生的能量。

积极向上,是创造人生,反之,消极、低沉是消耗人生。

积极向上,是推动我们前进的动力,是指导我们成功的旗帜。

微笑收获成功

日本有个推销员，一米五三的个子，相貌平平。他一开始干保险推销员时，七个月没拉到一笔业务，没拿到一分钱工资。他省去了中午饭，晚上也只好在公园里的长凳上度过。可是，困难并没有击倒他，他仍然信心十足，乐观积极。他热情地和每一个认识的和不认识的人打招呼。一位绅士经常见到他热情快乐的样子，便问他："我看到你总是笑嘻嘻的，全身充满干劲，日子一定过得很痛快了！"并邀请他共进早餐。尽管他饿得要死，但他还是婉言谢绝了。绅士知道他是保险推销员时，便说："既然你不赏脸和我吃饭，那我就投投你的保好了！"

后来，这位绅士还帮他介绍了不少业务。从此，他时来运转，成了日本最著名的保险推销员之一。他就是原一平，他的笑容被人们评为"值百万美金的微笑"。

积极向上，你便收获成功。

消极低沉，最终只有失败。

微笑是阳光，是温暖，是力量。

让我们以花朵收获果实，用微笑收获成功。

芬芳的小路

看到这样的一个故事。

有个小村庄里有位中年邮差,他从刚满二十岁起便开始每天往返五十公里的路程,日复一日将信件送到居民的家中。就这样二十年一晃而过,人事物几番变迁,唯独从邮局到村庄的这条道路,从过去到现在,始终没有改变,飞扬的尘土依然飞扬。他一想到必须在这无花无树充满尘土的路上,踩着脚踏车度过他的人生时,心中总是有些遗憾。

有一天当他送完信,心事重重准备回去时,刚好经过了一家花店。"对了,就是这个!"他走进花店,买了一把野花的种子,并且从第二天开始,带着这些种子撒在往来的路上。就这样,经过一天,两天,一个月,两个月……他始终持续播撒着野花种子。

没多久,那条已经来回走了二十年的荒凉道路,竟开起了许多红、黄各色的小花;夏天开夏天的花,秋天开秋天的花,四季盛开,永不停歇。

邮差在不是充满尘土而是充满花香的道路上吹着口哨,他不再是孤独的邮差,也不再是愁苦的邮差了。

这是一个智慧的邮差。

这是一个乐观的邮差。

把尘土飞扬的小路,变成开满鲜花的小路,变成芬芳的小路。那么,你一路不会寂寞,你一路不会苦闷,你一路不会消沉。

把尘土飞扬的小路,变成开满鲜花的小路,变成芬芳的小路。你一路神清气爽,你一路神采飞扬。

和鲜花同路,路再远,再坎坷,你都会勇往直前。

用美丽的心情美丽世界,世界也会把美丽回馈于你。

用勇敢的翅膀翱翔在梦想的天空中

一个小女孩,她4岁即开始读《论语》,她从小就学习到很多关于国学的东西。她还从3岁开始就跟姥姥练习毛笔字,很小就学唱昆曲。到了5岁半时,她已经把《红楼梦》看完了。父母在"文革"期间被"下放",她从小到大没有兄弟姐妹,没上过幼儿园,没有玩伴儿,自己跟着姥姥在一个封闭的大院子里长大。在这样的成长环境里,她的内心是特别纤细、敏感而压抑的。于是她选择了写日记,这是一种很脆弱的生活方式,但是她需要有一个沟通的对象。日记从6岁一直写到今天,一天没断过,如今她已经有四五十个日记本了。她觉得这个成长过程给了她一个好处,就是使她处于一种不断反省的过程之中,使她一辈子不会糊涂,知道自己什么时候需要什么。日记让她给自己建立了一个真实而坦荡的坐标,使她每天都要面对自己的内心,要看看自己的状态、心态,看看得与失、喜与忧,留给自己一段真实。

她从小就向往在沙漠旅行,茫茫戈壁成了她梦想的天堂。大三的那个暑假,女孩与同班的两个男孩一起踏上西去敦煌的列车。一天黄昏,女孩趁男孩们出去买东西,借来一支手电,怀揣一把尖刀,头裹一块围巾，毅然向沙漠走去。她边走边唱，欢快至极。夜幕降临，四周漆黑一片，天寒如冰，女孩衣裳不足御寒，牙齿不住发颤。她用尖刀从四周挖来一堆干燥且坚硬的蕨类植物，用围巾引火，燃起一小堆火取暖，浑然不觉身外的恐怖。两个男同学循光找到女孩，见她一副悠然自得的样子，异常恼怒。一个说："你不怕渴死？"一个说："你不怕冻死？"一个又说："你不怕沙漠豺狼？"一个又说："你不怕沙漠平移？"女孩无畏地说："我不怕，我有手电。"手电能抵御什么危险？两个人都有些糊涂，但两个男孩被她幼稚的想法逗乐了。毕业后，女孩走进陌生的单位大门，事事不顺，情绪低落，意志消沉得像换了一个人。不久，她收到两封挂号信，拆开一看，一封寄自海南，整张白纸上只有一句话："我不怕，我有手电。"另一封寄自纽约，只有一幅画：漆黑的夜空，一束手电光刺向高处。蓦地，女孩发觉多年前的那道手电光照亮了她的心空，她忽然明白手电是干什么用的了。这个手电就是她的信念。长大之后的她懂得了这个社会有很多潜规则，有了无奈和无助。这时的她才发现，她其实是输给了自己的成长，她的内心胆怯了。她从此拾起了梦想，相信梦想就是奇迹的前提，她开始振作起来，勇敢地蹚过岁月的险滩，振奋前行。多少年后，女孩博士毕业，成功地策划了《中国娱乐报道》等深受观众喜爱的电视节目，成了国内知名的电视策划人。

　　这个女孩就是于丹。现在的于丹这样总结自己的成长：人在年轻时不一定要积累经验，积累很多向现实妥协的原则；人要积累的，可能就是勇敢和梦想。

　　没有梦想，人生便会失却天空。没有勇敢，人生便会折断翅膀。

用我们勇敢的翅膀,翱翔在我们梦想的天空。

梦想是我们人生的天空,勇敢是我们人生的翅膀。给自己一片广阔的天空,让自己自由翱翔。

一把雨伞

去银行存款，天突然下起大雨，而且是瓢泼大雨。

看样子一时半会儿是停不下来了，怎么办？上班的时间快到了，看样子只能淋雨了。突然想起有些银行有应急伞，环顾营业大厅一周，确实看到在一个角落，放着一些伞。

问了一下保安，可否借用一下伞。保安说可以。

于是，我撑起从银行借用的那把雨伞行走在大雨中。这把雨伞，为我撑起一片晴朗的天空。

快到单位门口时，看见一位背着行李的人走在雨中。他是去往车站的方向，可能是去赶汽车出行。一问确实如此，他说他的家在农村，自己是来打工的。今天接到电话说父亲病危，所以匆匆忙忙赶着回家。

我把雨伞递给他，说，快走吧！

我来到办公室里，突然想起那把雨伞是从银行里拿出来的，并不是自己的啊！怎么把不是自己的东西随便给一个陌生人呢？那把伞恐怕是不会回来的了。因为我在给那人伞时，没有告诉他我是谁。

按道理讲，银行里的伞是应该送回的，可是我稀里糊涂地把它送给了别人。当然不把伞送回银行也没什么,因为借伞时也没有登记,没有人知道我曾借过银行的伞。但又一想,没有人知道我曾借过银行的伞,但我自己知道啊!

第二天,我从超市买来一把新的雨伞送到银行。

过了大约一个月,我的单位门口来了一个民工模样的人,手里拿着一把雨伞。他一看到我马上认出我来了,走到我跟前不停地说谢谢,并把伞交给我。

我说,你父亲怎么样了?

他说,家里没钱,父亲一直拒绝去医院治疗,治疗得太晚了。

我轻轻拍拍他的肩膀,不知该怎么安慰他。

他说,这些天他和父亲聊了一些他在城里的情况,其中也说到这把伞的事,父亲临死前说让他回城后第一件事就是先把伞还给那位热心人。

我心里很是感动,不知该说什么。

有一种智慧是关爱

有一家饭店，老板对附近的同行很是友好。如果顾客点的菜自己饭店里没有的话，他会联系附近其他饭店来做，挣的钱全部交给做菜的那家饭店。

有人问：这样你不少挣钱了吗？他笑笑不说什么。他家的饭店越来越红火。原来，这次少挣了一些，但顾客在他这里可以享受到所有饭店的菜肴，顾客就会经常到他这里来，他的饭店就会人气很旺。凡是来附近新开饭店的，他都会去祝贺帮忙，介绍这里人们的饮食习惯和开店经验。有时还会推荐打算开饭店的人来这里开店。有人说：多来一家饭店，你就多一个竞争对手，同行是冤家，你怎么还会往这里招冤家呢？他说：顾客喜欢到饭店集中的地方去吃饭，这里饭店多了，形成规模了，有了名气了，顾客就会越来越多。看似我是在帮助别人，其实也是为了我自己的生意。

商场如战场，这是我们经常听到的一句经典的话。商场的不正当竞争，尔虞我诈，是我们司空见惯的现象。可这位老板的理念却是送人玫瑰，手留余香。

予人方便,予己方便。

这是一种人生哲学,给予与得到,奉献与获取,并不矛盾。互相关爱,才会使得世界更加美好和谐。

有一种智慧是互相关爱。

怎么吃苹果

老师先讲了一个故事：

两人各有一箱子苹果，一人总是先从烂苹果吃起，结果他吃的都是烂的，另一人总是先吃好的，结果他一直吃的是好苹果。

讲完后老师问学生：如果是你，怎样做更好呢？怎么吃苹果呢？

学生们议论纷纷。

一个说：当然光吃好的了！谁愿意吃烂苹果啊？

一个说：我认为吃烂的好！

同学们笑起来：哈！还有人愿吃烂苹果？！

这个同学解释说：你们先别笑，听我给你们算一算。假设有两个人各有10个苹果，两人每天吃一个，第一个人从快要烂的苹果开始吃，假设苹果每天坏一个，那么他开始吃的时候有一个已经烂了，这个不吃，从快要烂的第九个开始吃，第二天，第八个又变成快要烂的了，他又把这个吃了，下面几天以此类推，他吃的都是快要烂的苹果，共吃了9个苹果。第二个人光吃好苹果，第一天，同样有一个不能吃了，吃最好的一个，第二天，当然还是吃最好的，这一天又坏了一个，到第五天的时候，当他开始吃第五个苹果的时候，箱子里已经没有好苹果了，至此他一共吃了5个苹果。第一个人吃了9个，第二个人吃了5个。第一个人比第二个人多吃了4个。

同学们不笑了。

但很快又有人提出异议：第一个人虽然吃了9个，但那都是烂苹果啊！第二个人虽然吃了5个，但吃的可都是好苹果啊！

同学们犯愁了：吃好苹果好呢还是吃烂苹果好呢？

突然有一个同学站起来，说：拿出一些好苹果分给邻居吃，这样不就都吃到好苹果了吗？

同学们鼓起掌来。

对啊！我们之所以想不出好办法，是因为我们往往总是想着自己。只要想着别人，好办法就有了，大家便都吃到好苹果了。

春风化雨

有一个班的学生打架现象很严重。

为消除这种现象,老师想了个办法:在讲桌上摆了一个鲜艳的、没有一点伤疤的苹果。老师说:"从今天开始,每当你们有打架的现象,就在这苹果上刻一刀,对!就在这鲜艳的苹果上刻一刀!"老师最后一句话加重了语气。

第一天,苹果上被刻了一刀。第二天、第三天……苹果上伤痕累累。

老师捧着这个苹果说:"它原来是一个多么鲜艳的苹果啊!它原来可是没一点伤疤的苹果啊!可如今被伤害成这个样子了。我们每一个同学都像是一个苹果,一个鲜艳的苹果,我们不应该彼此伤害。"

第二周,老师又在讲桌上放上一个鲜艳的、没有伤疤的苹果。第一天过去了,第二天过去了……这个苹果完好无损。

我们共同构成一个世界,我们共同主宰着这个社会的温暖和冷漠。阳光来自我们的笑脸,温暖流自我们的心田。每一个笑容都是一朵春天的花,每一声鼓励都是一缕春天的风。你是春风我是雨,你我都是春天的元素。我们应托起这个世界的春天。心与心相通,握握手,互相感触彼此的体温,这是来自心底深处的温暖;我们微笑着,像花儿一样彼此致意,世界花香四溢,于是,世界充满真、善、美。

在一个充满真善美的世界,我们的心灵该多么欢畅,多么舒展,多么美丽,我们的生命该是多么生动而鲜活。

父亲告诉我

父亲总是告诉我,在你帮助他人时,自己也就拥有了很多。

我家在鲁西北平原的一个小村庄里,父母是地道的农民,忠厚老实,他们辛勤劳作,乐于助人。

家里养了一头牛,很是健壮。家里的农具很是锋利,很好使,总是擦拭得干干净净,从没有锈迹斑斑的情况。

一次,家里来了客人。客人问:"你家的牛怎么养得这么健壮?农具怎么这么干净!"

父亲说:"我总爱把牛和农具借给需要耕地的人,村里的人也总爱来我家借牛借农具。"

客人问:"那又怎么样?你的牛经常借给别人用,应该很瘦弱才对啊!"

父亲说:"人家借了我的牛,我帮了人家,人家会把牛喂好后再送回来的,牛越用越有力,越用越健壮。农具也是这样,越不用越容易长锈,越用越好用。"

我家盖房子时,几乎村里每家都来人帮忙。原来,每当别人家里盖房或有大事需要帮忙时,父亲总是去帮忙。自然,自己家有事时,别人也会来帮忙的。

父亲告诉我,要总是想着为别人做点事,要知道感恩。

每头大象都不止
有一个父亲和母亲

在撒哈拉沙漠里,生活着一群非洲象。

大象的世界是最和谐美好的。它们总是和睦共处,这些和谐友爱的大象在动物界是出了名的。

让我们看看大象的世界是多么友善:当有母象快生小象的时候,几乎所有的大象都会前来呵护这头母象。大象们有的站岗放哨防止敌人来侵犯,有的在母象身边伺候母象,有的去弄食物,大家忙得不亦乐乎。

如果遇到寒冷天气,它们会将母象护在身子下面,十二头大象组成一个温暖的团体呵护着温暖着母象和小象。多么温暖的场面啊!

当小象生下来以后,它们会把这个孩子看成它们共同的孩子,倍加关爱。

当母象的奶水不够小象吃的时候,其他的母象便会前来喂奶,它们共同哺育小象。

在小象的成长过程中,大象们齐心协力共同帮助小象。一头象用鼻子缠住小象的鼻子,让它的前身处于站立状态,另一头象托住小象的一条腿，让它学会行走，其他大象在提防着外来敌人的侵袭，保卫着象群的安全。

每一头小象都不止有一个父亲和母亲，每一头大象也不止有一个小象孩子。孩子是大家的孩子，父母是大家的父母。这样的群体关系能不和谐温暖吗？

用我的声音为你取暖

由于生活所迫,他们去了遥远的新疆。

妻子在一个小城里做保姆,丈夫没有在城市里找到工作,后来在一个很远的牧区找到一个给人家放牧的工作。

他们每个礼拜通一次电话,他们不能天天通话,因为承担不了太多的电话费。每次通话也就是一两分钟。丈夫用的手机是妻子做保姆的那家主人淘汰的,为此夫妻俩对主人感激不尽。每次都是妻子到一家电话超市给丈夫打电话,那样省钱。

想想,左眼一辈子没有见过右眼一面,只懂陪它落泪。但是彼此不可或缺,这默默的陪伴也是一种幸福吧?

新疆的冬天格外长,雪格外多,天格外冷。一次,雪特别大,下了好几天,把丈夫住的破旧的房屋压塌了。丈夫听到房顶的晃动声赶紧跑出来,有幸没有被砸在里面。由于是晚上,再加上道路被大雪封住,丈夫只能暂时等天亮驻军救援。雪还在下着,丈夫冻得瑟瑟发抖。

此时,丈夫的手机响了。

妻子打来的。

听到丈夫声音哆嗦,妻子问:"你冷吗?怎么不生火?"

丈夫说:"房屋塌了,现在这里下着雪,风雪很大。"

妻子马上明白了发生了什么事,吓坏了,她知道丈夫那个地方冬天很冷,在风雪中待不了多久就会把人冻坏的,甚至会冻死人的。

妻子哭了。

在妻子周围有人听到他们的谈话,那人告诉妻子,不要哭!现在有两件事很重要,一是赶紧报警通知附近驻军救援,二是不断地给他鼓励。

丈夫住的地方离部队很远,再加上路上雪很大,汽车根本无法通行,要很长时间才能得到救助。

妻子接下来就不断地在电话里和丈夫说话。丈夫由于又饿又冷,几乎说不出话来。

妻子说,你别说,光听我说就行。

丈夫断断续续地说,别打了,话费太贵了,怕要赶上你一个月的工钱了。

妻子心疼又生气地说,都什么时候了,还说这个。

一个小时过去了,两个小时过去了,三个小时过去了……丈夫感到手脚已经冻得麻木了,他想这回真的完了,冻不死也得冻成残废。他想,自己真的残废了,那还不如冻死哪!他闭上眼睛,准备让风雪结束自己的生命。

四周只有风雪,风呼呼地吼叫着,似乎要把他的灵魂叫走。

妻子继续呼喊着他。

妻子的声音唤醒了他。他感到心中一股暖流涌遍全身。他想,我不能这样死去,我不能留下爱我的老婆一个人走,那样会给爱我的人无尽的痛苦的。

此时,妻子的声音温暖着他。在这冰天雪地里,妻子用她的声音为丈夫取暖。

坚持住!坚持住!会有人来救你的!

我等你!

我们还没有孩子哪,我们还要生一个孩子哪!如果是男孩,我们把他培养成大学生。如果生个女孩,我们让她跟新疆女孩学跳舞,新疆女孩跳的舞真好看。

听见了吗?

……

救援人员赶到后,看到的是一个男人几乎僵硬的身体,他的耳朵还附在手机上。救援人员拿起手机,听到里面一个女人在不停地说话。

男人失去了手脚。医生说,在那样的环境下能保住生命简直是个奇迹。

像云一样生活

他诗意地生活着,他超越现实地生存着。

我们敬仰他的才华,更敬仰他的阳刚气质。

李白,他的一生,充满了一种理想主义的激情。他可能不现实,他可能太个性,他可能不算是个狭隘意义上或世俗意义上的成功者,但无论如何,他的不慕名利,他的以布衣之身而藐视权贵,肆无忌惮地嘲笑以政治权力为中心的等级秩序,批判腐败的政治现象,他的天才诗情和高洁气质,我们应该仰望。现实中,我们很难做到像他这样飘逸或洒脱,我们很难做到像他这样清高和不媚俗。他为屈死的贤士仗义抗争,毫不掩饰对朝廷的失望和轻蔑:君不见李北海,英风豪气今何在?君不见裴尚书,土坟三尺蒿棘居。少年早欲五湖去,见此弥将钟鼎疏。在媚俗的官场,李白的这种风骨该是多么难能可贵。

李白,在中国,在任何时候,都应该成为我们的精神标杆。如今,我们面临的最大困惑是现实与心灵的矛盾。他的胆子,他的个性,如高天流云。他的"不屈己、不干人""平交王侯"的平等要求,在精神上我们是尊重和崇拜的,但这只是一种脱离现实的理想。"昔在长安醉花柳，五侯七贵同杯酒。气岸遥凌豪士前，风流肯落他人后！"(《流夜郎赠辛判官》)"揄扬九重万乘主，谑浪赤墀青琐贤。"(《玉壶吟》)"黄金白璧买歌笑，一醉累月轻王侯。"(《忆旧游寄谯郡元参军》)"珠玉买歌笑，糟糠养贤才。"(《古风》第十五)"梧桐巢燕雀，枳棘栖鸳鸾。"(《古风》第三十九)"大车扬飞尘，亭午暗阡陌。中贵多黄金，连云开甲宅。路逢斗鸡者，冠盖何辉赫。鼻息干虹霓，行人皆怵惕。世无洗耳翁，谁知尧与跖！"(《古风》第二十四)内心的高傲和行为的张扬，彰显出令人感叹的英雄主义精神。我们很难达到李白的精神高度，就像仰望月亮一样，我们把他仰望。尽管他有时并不完美，但我们也难以企及更难以超越。

　　悲哀和痛苦，被他的乐观精神超越了，被他的乐观精神淹没了，旷达的心态，豪放的性情，足以使他站在生活的云端。他俯视生活，俯视社会，只有心胸足够开阔的人才会站在生活的云端。

　　他的生活可能不尽如人意，但是他寂寞孤独吗？我们可以从他的《月下独酌》中略知一二："花间一壶酒，独酌无相亲。举杯邀明月，对影成三人。月既不解饮，影徒随我身。暂伴月将影，行乐须及春。我歌月徘徊，我舞影零乱。醒时同交欢，醉后各分散。永结无情游，相期邈云汉。"有人说，孤独的人是可耻的。但李白孤独得高洁可敬。安能摧眉折腰事权贵，使我不得开心颜！那种英风豪气，那种追求单纯高洁的心境，那种自由解放的思想情操和具有平民倾向的个性，不正是我们丢失已久的应该重新拾起的品格吗？如何在现代生活中获取心灵快乐，适应日常秩序，找到个人坐标？浮躁的世界里，有没有景致更为开阔的人生？有没有令一颗心更快慰的通途？什么是我们值得奉守的东西？对自己的超越，对肉身的超越，精神，追求，是你的人生阳光。心，是自己永远的家。

　　他，应该成为我们的一种精神旗帜，飘扬起我们心灵的光芒。他，像云一样生活。我们可能永远无法像他那样像云一样生活，但我们的心灵应该尽可能像云一样。

阳光打在心底，
温暖便会洋溢全身

"我们正处在一个把健康变卖给时间和压力的时代。而且，这种变卖没有任何契约，以一种自愿的方式把我们的健康甚至幸福抵押了出去。"当我读到英国健康专家格勒斯这句话时，我的内心被深深触动了。是啊！我们都做了些什么啊？

忙忙碌碌的我们，甚至拼死拼活的我们，在无休止地用我们的健康和幸福兑换一些犹如过眼烟云的东西，总以为这些东西可以带来幸福，当我们得到这些东西时，我们突然发现，我们离健康和幸福越来越远。

工作和生活的压力、自然和人文环境的恶化、内心世界的烦躁，造成我们情绪的恶化。这些，无不在夺走我们的健康和幸福。有这样一个实验：将玻璃管插在正好是零摄氏度的容器里，然后收集人们在不同情绪状态下的"气水"，描绘出了人不同情绪下的心理地图。结果显示，人们在心情好时，呼出的水气是澄清、无色无味、不含杂质的，而生气时呼出的水气则有紫色沉淀物，有异味，有毒素。而紫色沉淀物，随着情绪的波动而增减。愤怒情绪越强烈，分泌的有毒气体越浓。

把一定量的这种水气注射到大白鼠身上，几分钟之内，大白鼠就被活活毒死了。据某医学部门统计报告，所有求诊病人中，愤怒造成情绪紧张而致病的约占71%，而80%—90%的工伤事故与生活的压力和情绪有关。世界各国关于寿命的记录更真实地反映了情绪的惊人之处：世界上所有长寿的人，几乎都是性格温和的人。寿命的长短，与一个人的愤怒情绪成反比，愤怒情绪越多越明显的人，寿命越短；愤怒情绪越弱的人，寿命越长。我国古代典籍《黄帝内经》中也有"百病生于气"的说法。但是，我们想不开，想不明白，我们被幸福以外的元素左右着，驾驭着，漫无边际地狂奔着。

幸福，藏在哪里？

幸福，埋在脸里。你一笑，幸福便出来了。

幸福，长在心里。幸福，是要成长的。所以，心也应该长大。心足够大，幸福才能足够大。内心足够强大，幸福才足够恒远。

幸福，藏在手心里。你在和朋友握手时，会感到来自朋友的体温，会互相传递来自双方的幸福。幸福，掌握在自己的手里。手，是用来创造幸福的。伸出手来，帮助他人时，你也会感到幸福。面对他人的困苦，你如果袖手旁观，幸福便会逃离你的手。幸福，会躲藏，也会逃遁。美好喜欢和幸福牵手。

有感恩的心，你的身体才会成为幸福的良导体。冷漠、自私的心，会使你成为幸福的绝缘体。有些东西，放下了，幸福便会捡起。就像花需要用春天来唤醒一样，我们应该用春天的温度温暖心情，我们应该唤醒我们感恩的心，我们应该用感恩的心对待我们周围的一切。用春天的体温，唤醒我们感恩的心和美好的心情，唤醒我们的幸福感。

学会感恩，你便被温暖笼罩，被甜美滋润。感恩会使你的心情渐渐舒畅，渐渐平和。感恩会使你逐步释放重负、放松身心。感恩是爱和善的基础，怀着感恩的情怀，可以让自己活得更加美丽，更加充实。

花朵感恩春天，把鲜艳献给春天。树木感恩大地，把果实献给大地。风雨感恩天空，把彩虹献给天空。自然感恩岁月，把风景献给岁月。如果没有感恩，春天便没有鲜艳。如果没有感恩，大地便没有果实。如果没有感恩，天空便没有彩虹。如果没有感恩，岁月便没有风景。如果没有感恩，也就无法感受幸福。

幸福，其实离你并不远。幸福就在不远处。

我们总是感到不满足，好像生活永远是那样存有缺陷，使得我们感觉不到幸福。浮躁的世界里，有没有景致更为开阔的人生？有没有令一颗心更乐意更快慰的通途？什么是我们值得奉守的东西？人人都希望过上幸福快乐的生活，而幸福快乐只是一种感觉，与贫富无关，同内心相连。治疗心灵困惑的处方是那么简约。关爱内心，关爱心灵，心灵便会关爱我们的一切，幸福便会弥漫在我们的生命之中。

很多时候，我们是自己抛弃幸福。很多时候，我们是自己远离幸福。不是幸福自己把自己藏起来了，是我们把幸福埋藏起来了。

什么时候我们懂得追求真正的幸福，那时，我们的人生天空才是阳光灿烂。

阳光打在心底，温暖便会洋溢全身。

> > > *第四辑*
没有哪一朵花是丑的

她身体有些胖,看见同伴苗条的身材,她心里很难受。走到一片花地前面,爸爸让她仔细地观察每一朵花。爸爸说:"仔细看看,看能找出一朵丑的花吗?"好漂亮的一片花啊!有的鲜艳迷人,有的芳香四溢,有的花朵硕大,有的花朵细小。但不管是什么样的,每一朵花都是那么美丽。爸爸问:"看到哪一朵花是丑的了吗?"她摇摇头,疑惑地问:"怎么没有一朵花是丑的呢?"这次小小的经历给孩子以后的成长带来无限的正能量,从而使得这个孩子自信快乐起来。孩子的微笑,就是父亲的春暖花开。

你见过哪一朵花是丑的吗

她身体有些胖，看见同伴苗条的身材，她心里很难受。她每天闷闷不乐，对学习也不感兴趣了，学习越来越退步了。

一次，父母领着她去逛公园。她由于很胖，走路都不愿意走。虽然公园里鸟语花香，景色怡人，但她却怎么也高兴不起来。

走到一片花地面前，爸爸让她仔细地观察每一朵花。

爸爸说："仔细看看，看能找出一朵丑的花吗？"

好漂亮的一片花啊！有的鲜艳迷人，有的芳香四溢，有的花朵硕大，有的花朵细小。但不管是什么样的，每一朵花都是那么美丽。

爸爸问："看到哪一朵花是丑的了吗？"

她摇摇头，疑惑地问："怎么没有一朵花是丑的呢？"

爸爸说："那朵牡丹花多丑啊！你看它那么肥大的花瓣，多丑啊！哪有茉莉花好看啊！你看茉莉花娇小瘦弱，多好看啊！"

她疑惑地摇摇头，说："不对啊！我怎么感觉它们都很好看啊？"

爸爸笑着说："你的感觉是对的！小朵的花有小朵的美，大朵的花有大朵的美，每一朵花有每一朵花的美。"

她似有所悟地点点头。

爸爸接着问:"我们一般把像你们这么大的孩子比喻成什么啊?"

"花朵。"她脱口而出。

爸爸说:"你们就像花朵一样,你们每一个小孩都是可爱美丽的。既然没有哪朵花是丑的,你能说哪个小孩是丑的吗?"

她明白了,高兴地笑了。

此时,她感觉自己也是美丽的,就像那朵盛开的牡丹。

没有一棵树是丑的

小时候,她很自卑。她经常问妈妈,我怎么长成这个样子啊?

每当听到孩子这样说,妈妈也很痛苦,只好长长叹息一声,无法向她解释。

她的腿有残疾,这让她总是感觉自己不如别的孩子,自己很丑。为此,她常常流泪。

再长大一点,她更注重自己的形象了,于是,也便更为自己的身体缺陷而痛苦了。

一天,老师把她叫到办公室,老师打开电脑,在电脑里找到了一些树木的照片。

屏幕上出现一片绿意葱葱的松树。

"好看吗?"他问小女孩。

小女孩看到这些生命力蓬勃的树,说:"真好看!"

屏幕上又出现一片挺拔的杨树。

"好看吗?"他问小女孩。

小女孩看到这些树,说:"好看!"

屏幕上出现枝干又干又皱的树,风雪中枝头绽放着美丽的梅花,"好看吗?"他问小女孩。

小女孩看到这些美丽的梅花,说:"真好看!真漂亮!"

屏幕上出现一片沙漠胡杨,胡杨干枯的枝干和叶子在阳光下黄黄的,像镀了一层金。那是一种沧桑的壮美,小女孩说不出那是一种怎样的美,但她被这美震撼了。她惊叹道:"太美了!"

老师说:"你看,没有哪一棵树是丑的,每一棵树都是美的。人也是一样,每一个人都是独一无二的,每一个人都有其美的一面。鲜活的生命,有着一种生动的美。即使有一些缺陷,但在生命壮美的前提下,那又算得了什么?"

小女孩明白了。

她记住了,没有一棵树是丑的。

从此,她不再为自己的缺陷而忧愁,开始为自己的生命而欢欣鼓舞,变得积极乐观起来,脸上洋溢着少女幸福的笑容。

你的微笑，
就是我的春暖花开

一位老农在一片玉米地里除草。偌大的一片玉米地，只有老农一个人弯着腰劳作着，那些玉米苗像他的孩子，齐刷刷地在他身旁生长着。

有些草长在玉米苗的根上，用锄头除掉的话，很容易误伤到玉米苗，甚至不小心会连玉米苗一起除掉。这时，老农会弯下腰，一只手按住玉米苗的根部的土，然后用另一只手把那棵草轻轻拔掉。

这一切被路过的一队师生看到了，他们停下脚步，看老农除草。

这队师生是来郊游的，看见老农这么呵护玉米苗，触景生情，老师对学生们说："你看，这些幼苗就像你们小孩，在人们的呵护下会慢慢长大的。"

小学生们懂老师的意思，脸上绽放着幸福的笑容。他们看着老农精心地清理着杂草，看着那绿油油的玉米苗欢快地生长着。

突然，有一个学生脸上露出愁容。接着，这个学生的眼泪流了下来。

怎么了？

在一旁的老师马上明白了，这个学生看到了老农像丢弃废物一样把一些羸弱低矮的玉米苗狠狠铲除掉。这和刚才爱护有加的情景简直是天差地远。这个患侏儒症的学生从小身体就弱,个子比一般的小孩矮很多。为此他经常感到自卑。此时,看到老农在铲除羸弱低矮的玉米苗,他感到就像自己也在受到嫌弃一样。

老师走到老农身旁,悄悄地对老农说,能不能先不要除掉这些弱苗?最好对这些弱苗好一些。

老农疑惑地望着老师。

老师简短地说了原因,老农马上爽快地答应了,说,哦!我明白了!

老农又开始他的劳作了。但遇到羸弱矮小的玉米苗的时候,不但没有除掉,反而更加精心地清除周围的杂草,而且还从不远处的水渠里取来一些水,浇在这些羸弱矮小的玉米苗上。

这一切被那个孩子看到了,只见孩子脸上露出了微笑,也跑过来帮老农一起给玉米苗除草、浇水。

老师明知故问地问老农,为什么对弱苗反而更加爱护。

老农笑呵呵地说,弱苗只要生长,也能长高长大,也能结出大玉米来。再说了,没有什么所谓的强和弱,只要有充足的水土,苗子就可以生长。

在一旁的那个孩子听到了,脸上的笑容更加灿烂了。

这次小小的经历会给孩子以后的成长带来无限正能量,从而使得这个孩子自信快乐起来。

孩子!你的微笑,就是老师的春暖花开。

美好，
就是比美要好一点

小时候，每当妈妈带她出去，遇到熟人，人们总是说这孩子长得真美。

那个时候，她知道美也是漂亮，听到这样的夸赞，她心里当然很美。

但妈妈说："我希望的不仅仅是这些。"

她问："还有什么？"

妈妈说："我对你的希望是——美好！"

"美好？"

"对！"

"美，不好吗？"

"好！"

"那美好是——？"她忽闪着漂亮的大眼睛，不解地问。

"美好就是比美要好！"妈妈说。

她由于长相漂亮，时常受到人们的关注。一次，一家媒体为了宣传暑天环卫工的辛苦，让环卫工假装中暑晕倒在马路上，让她撑起一把伞，为晕倒的环卫工遮挡阳光。说把这样的镜头拍摄下来，既可以让人们关注环卫工，又可以让人们记住一个美丽女孩的美丽动作。

摄影师问女孩是否愿意配合完成这组照片拍摄，女孩很高兴，刚想答应，突然想起妈妈说过的话——美好就是比美要好。她想：美丽的形象，加上美丽的动作，拍摄下来上报纸、电视一定很美。但这是造假啊！造假，总归是不好吧？虽然出发点是好的，但没有了真，怎么会好呢？

她看了看在一旁的妈妈，对摄影师说："我不想拍。"

妈妈欣慰地笑了，说："你做得对！"

她在班级算是"班花"，在学校里算是"校花"。这个"校花"更令人惊艳的是，她不仅美丽，其他方面也很出色。无论学习、体育，还是在活动演出方面，都做得很好。

妈妈经常警告她，美丽的外表，只能算是美，只有美好，才是人应该有的更高的追求。

大海总是把自己放得很低

　　少年的他傲慢无礼，总是自以为是，从不把别人放在眼里，对同学不友善，总是居高临下，当同学在某一方面不如自己时，便对同学冷嘲热讽。

　　同学们慢慢远离了他，他开始孤独。孤独的他更加孤傲，更加不可一世。在学习上也不虚心，对老师讲的课爱听不听的，总认为自己学得差不多了，但每次考试总是很差。

　　父亲很着急，难道这个孩子就这样下去吗？难道这个孩子就这样不可救药了吗？

　　父亲并不甘心。一次，父亲带他来到海边。大海波澜壮阔，很是壮观。他被大海迷住了。

　　"大海美不美？"父亲问他。

　　"美！"他高兴地说。

　　"大海宽阔不宽阔？"父亲又问。

　　"大海太宽阔了！"他激动地说。

　　父亲问："大海为何如此壮美呢？"

他摇摇头。

父亲告诉他:"因为千条江河归大海。"父亲又问:"为何千条江河归大海呢?"

他疑惑地摇摇头。

父亲告诉他:"因为,大海总是把自己放得很低。"

这次见闻和谈话对他启发很大,从此,他改正了自己的毛病。

后来,他成了一个很受欢迎的人,并成了一名博士。

大海总是把自己放得很低,所以才成就了宽阔深邃的大海。

谦虚有礼,才会健康成长。美丽的思想,是生命中最壮丽的风景。

给自己一个瑰丽的梦

罗伯特·洛西斯做过一个有趣的实验。他给每一组学生分了一组白鼠。

他对第一组的学生说,你们非常幸运,你们将训练一组聪明的白鼠,这些白鼠已经经过智力训练了。"

他又告诉第二组的学生:"你们的白鼠是一般的白鼠,不太聪明,也不太笨。它们最终将走出迷宫,但不能对它们有过高的期望。因为它仅有一般能力和智力,所以它们的成绩也仅为一般。"

最后,他告诉第三组的学生说:"这些白鼠确实很笨,如果它们走到了迷宫的终点,也纯属偶然。它们是名副其实的白痴,自然它们的成绩也将很不理想。"

后来学生们在严格的控制条件下进行了为期 6 周的实验。结果表明,白鼠的成绩,第一组最好,第二组中等,第三组最差。但是,这些白鼠实际上都是从一般白鼠中随机取样并随机分组的。实验之初,三组白鼠在智力上并无显著差异。那么,为何后来会产生如此大的区别呢?原来,是因为实施实验的三组学生对白鼠的不同态度导致了不同的实验结果。

人生也是如此，给人生一个远大的目标，你的人生便会向着这个远大的目标不断前行。从而，你离这个目标越来越近，最终抵达这个目标。

人，往往失败就失败在起点上。

给自己力量，给自己希望，给自己一个笑容，给自己一片阳光。

给自己一个希望，风雨中你也会看到彩虹。

给自己一个鼓励，鼓励自己不停地走下去。拥有自信的人，也便拥有人生的辉煌。

给自己一个瑰丽的梦，你便会拥有一个美好的未来。

做好自己，
就会体现自己的人生价值

原生态的"口"字，四四方方端端正正，从各个角度观察，它总是一个模样。于是，它想改变一下自己，寻求自己的人生位置，寻求自己的人生价值，从而展现一个完全不同的自我，从而实现自己更高的人生价值。

高处不胜寒。于是，它爬到木字上面，一副高高在上的样子。正在它得意扬扬的时候，它突然意识到，在木之上，不就是呆吗？

口不禁为自己的举动羞愧起来。

看来，总是想在他人之上，并不能实现真正的人生价值。

于是，它又想把自己放在最下面。它来到天的下面，它想，天为上，在天之下，理所当然。可是，它仔细一端详，这不是成了吞了吗？

这可不行。

它又来到夕的下面，好！名，这次不错！它想，在下面其实也不错。

它又来到士的下面，吉，不错！吉利，吉祥。好！它又来到五的下面，吾，也凑合。

它想，上下都尝试了，再换一个位置尝试一下，在左边怎么样？

它来到欠的左边：吹。

不好！

它又来到乞的左边：吃。

没意思！

它又来到曷的左边：喝。

不是吃就是喝，无聊。

它来到未的左边：味。嗯！有点意思。

它来到十的左边：叶。嗯！还行。

它又想尝试一下在右边的感觉。于是，它来到手的右边：扣。

它来到女的右边：如。

在里面怎么样？

它来到它自己的里面：回。

又回来了。它笑了。

它来到门的里边：问。

最后，它想尝试一下在外面的感受，

于是它来到"木"的外面：困。

它来到"人"的外面：囚。

它吓了一跳。

它来到大的外面：因。还行！它来到玉的外面：国。好！

　　它终于明白了，原来，无论在什么位置，只要适合自己，都可以实现自己的价值，都可以有所作为。

　　它有了一个新的发现。做好自己，就会体现自己的人生价值。

花谢了怕什么，
明年还会开

情绪低落的我看到的天空也是阴沉沉的，当然，那些天天空也确实灰蒙蒙的。

和我一起的同事也是如此，我们说，去山里吧？

好吧！于是，我们去爬山。

山脚下有一个小村庄，必须穿过这个小村庄才能抵达那座山。我们来到这个小村庄。

村庄很小，都是石头垒的房子，也没有像样的街道，我们沿着弯弯曲曲、高低不平的街道走着。

突然，我们在一座小院前不约而同地停下了脚步。小院的院墙很低矮，是用大小不一的石头垒的，在外面一眼就可以看到院子里的一切：院子里种满了花草，各种花草正在盛开着花朵，红的、黄的、紫的，好看极了。

我们正在看着，从屋子里走出一位妇女，看我们在院子外面向里面张望，她没有像防贼一样用警惕的目光看我们，反而目光里闪烁着笑意。她语气轻柔地问我们："你们找谁？"

我们尴尬得不知所措。

呆了一会儿,我们才醒过神来,说我们是被院子里的花吸引住的。她笑了。

可能我们长得确实不像什么坏人,她和我们攀谈起来。

前些年,她的丈夫外出打工,从脚手架上摔下来,成了残疾。一家的重担全落在她一个女人的肩膀上。起初,她感到一切是那样残酷和无望,偷偷地哭了几天后,她擦干了眼泪。因为丈夫几次想自杀,都被她发现,才没酿成恶果,如果自己也这么消沉,那丈夫更会失去对人生的信心。还有,女儿上小学四年级,很懂事,她不想给女儿的成长带来阴影。于是,她振作起来。她想让家庭有一些喜气,不想让家庭的气氛那样沉闷,家里虽然很穷,但可以打理得干净整洁一些。她总是把家收拾得干干净净,她在院子里栽上了一些花草,天气好的时候,她把丈夫从床上扶到院子里,让丈夫看花。女儿满院子跑着、笑着,也像这满院子的花一样,可爱极了。此时的丈夫脸上露出幸福的笑容。

我们的心情好了一些。同事突然冒出一句:"可是,花总会凋谢的啊!"

此时,她笑了起来,那笑声很有感染力,说:"花谢了怕什么,明年还会开啊!"

花谢了怕什么,明年还会开啊!我们深深地被眼前的妇女感动了。

你那里下雪了吗

"你那里下雪了吗?"

"面对寂寞你怕不怕?"

"……"

电话里传来雪一样的歌声,纯净、轻柔、美丽。我陶醉在这甜美的歌声中,就像陶醉在一场美丽的雪中一样。那是一种纯净的世界,从天空到大地,从天地到心灵。

"老师!你那里下雪了吗?我们这里正在下雪,天地都白了,好看极了。"电话那端说。

那是来自一个遥远的地方的声音,我却感到是那样真切与亲切。她是我在新疆援疆支教时教过的一个学生,叫米娜。

作为援疆支教老师,我志愿在那遥远的地方工作和生活了两年。电话把我带回那远方的日子。

新疆的冬天格外长,雪格外多,天格外冷。清早起来,窗玻璃上满是冰凌花。这是上帝赐予新疆冬天的最美、最冷艳的礼物。

冬天,是一位画家,用最纯美的颜色,选择一种透明的"画纸",

绘出最亮丽的图画。

一个叫米娜的女生长得格外漂亮，两只眼睛又大又亮，睫毛又长又黑，但就是在这漂亮的脸上，鼻子下面流着两行清水，她擦掉又流出，流出又擦掉，擦掉又流出。

我发现她穿的衣服是那么单薄，这么冷的天，穿这么少，不冻坏才怪哪！

"你怎么穿这么少？"我问。她说："没事！"

米娜的同桌告诉我，米娜的家离学校好几百里地，因为天气忽然变冷，带来的过冬衣服不多，家里又没来得及送来，家里穷，又没钱买。

我望着米娜，这个寒冷的天气中美丽的维吾尔族女孩，使我联想到雪山上盛开的雪莲。

当我把买来的羽绒服送给她时，她用维吾尔语说："谢谢老师！"

新疆的冬天雪多，而且大。几乎四五天便来一场。当一场大雪过后，树白了，地白了，一片洁白的世界。

米娜的父亲是有名的向导，很多远方来此旅游探险的人都找他做向导。进入戈壁大漠中没有参照物，很容易迷失方向。他却有很强的方向感。一次，他领着一批人进入戈壁大漠了。

在戈壁滩上时常可以寻到各种颜色的玛瑙，人们兴奋极了。他们忘我地行走在戈壁滩上。他们发现一个古堡，在古堡中他们待了很久。正在这时沙尘暴来了，他们只好停下来，等沙尘暴停了再走。为了保护带来的水和食物不被沙尘暴刮走，他拼命地东奔西跑。等沙尘暴过后，他累得气喘吁吁。

最后一次是他领着一批人上雪山，雪山银白色的雪冠诱惑着他们，越往上越冷,雪也越来越厚。有一个人也许是见到雪山太兴奋了,远远地爬在队伍前面。忽然,那人脚一滑,滚落下来,这是很可怕的事,这个人跌落下来会很危险,而且还会撞到下面的人,下面的人会像多米诺骨牌一样一个个跌落,后果不堪设想。他此时一手拽住一棵小树,然后挺身迎向跌落下来的人。那人正好跌入他的怀中,那人停了下来,但由于冲力太大,他没法站稳,如果向后面倒去就会砸到后面的人,从而使后面的人一个一个跌下,他选择了向着一侧倒去,于是他跌到了山下。当人们寻到他时,他已经奄奄一息了。

他死了,却救下了十几个人。

米娜从此和母亲一起生活,生活得相当困难。但米娜的母亲是坚强的,米娜也许是遗传了父母的性格,像冰山上的雪莲冷艳坚强。

雪飞舞着,使天空充满动感。雪飞舞着,然后拥向大地。

我也想说一句:"米娜!下雪了,多穿点。"

沙漠上飞起了风筝

义马江,是我班上的一名维吾尔族学生,高高的个子,大大的眼睛,长长的睫毛,长得特别精神。义马江很聪明,但有些厌学情绪,趁周末时间,我决定去义马江家家访。

义马江的父母都去城里打工了,家里只有义马江的爷爷。老人七十多岁,但腰板很是硬朗。老人鹤发童颜,目光明亮。

我和老人坐在院子,老人没有城里人那种永远不能满足的欲望,也没有城里人那种浮躁和忧郁。老人的目光是那样平静,那样自信。

义马江的家境不好,学费是减免的。义马江是住校生,最近学习上不专心,想家。老人听了,沉思良久,站起身来,从墙上取下一只风筝。

老人问义马江见了沙漠有何感想,义马江说沙漠荒芜空寂。

村子的不远处就是沙漠,我们来到沙漠中,老人开始放飞风筝。

风筝飞起来了,沙漠上有了风筝,便不再空寂。沙漠上飞起了风筝,天空便生动起来。

老人望着蓝天,问义马江:"现在呢?"

义马江盯着翱翔在天空中的风筝,没有回答。

我领会了义马江爷爷的良苦用心，启发义马江："是做一只挂在家里墙上的风筝好，还是做一只飞翔在天空中的风筝好呢？"

义马江明白了，说以后要专心学习。

老人把风筝交给义马江，义马江把风筝放得高高的，他的脸上露出了灿烂的笑容。

温暖的考题

在一次期中考试的试卷上有这么一道题：

一个人到乡下收购古玩，发现一个破碗，碗里盛有一些猫食，一只猫正在吃碗里的食物。这只碗很珍贵，内行人一看便知。收购古玩的人心生一计，便对主人说："我用十元买你这只猫行吗？"主人说："可以。"收购古玩的人又说："这样吧！让我把那只破碗一起带走吧！你的猫已经卖了，留下这只破碗也没用处。"主人说："这只碗怎么能白给你呢？"那人说："那就用两元钱买，这样行了吧？"主人笑道："这只碗我不想卖，我正是用它来吸引人买猫的啊！"

读完此文后，你认为以下选项合适的是（　）

A．斗智、智者胜；

B．"防人之心不可无"；

C．无商不奸；

D．无诚信的买卖是不成功的买卖。

这是一道培养学生诚信、品格的题目，它可以使学生在做题时建立诚信的理念。

还有一道题是这样的：在你上学的路上，打扫街道的人是男是女，年龄大约是多少？这道题引起了考生的疑问，谁能注意一个打扫卫生的人啊？这样的题目有什么意思啊？是不是题目出错了？

在我们身边的每一个人，哪怕是一个清洁工，也应该得到我们的关注，特别是那些默默工作的清洁工，是他们的劳动，才使我们的环境如此清洁优美。所以，他们更应该受到我们的尊重和关注。

这是一道爱意浓浓的题目，这是一道温暖的题目。

这样的题目，让学生学会爱。

即使在伤疤上也要结出芳香

有一种香辛凉甘甜、醇厚隽永、清净高雅，但这种香来自伤疤。

这种伤疤上诞生的香，叫沉香。它是以樟树科、橄榄科、大戟科、瑞香科这四类树种所包括的树木为基础，在特定条件下生成的一种香料。这四科树木大多木质疏松，色泽较浅，树龄如在30年以上则有较丰富的树脂腺。

这种树木在伤痛中，把苦痛凝成一种芳香。动物的啃咬、蚁虫的侵袭或是人为的刀砍斧凿，使创伤降临了。但这还不是最糟糕的，最糟糕的是伤口被细菌、微生物感染，再加上湿热环境，创伤口腐蚀溃烂成为病灶，树的脂腺因刺激大量分泌结集，在创伤口形成膏状结块，周围则浸润成树脂多的木质。久之，在气候变化、温度、干湿度等等条件下，再加上有较长时间的陈化，少则十几年多则百年以上才形成"沉香"。在树上被人发现割下的为"生香"，树木倒下死去，被埋在土中多年被取即为"熟香"。它用自己的脂腺为自己疗伤，它走过30年以上岁月，它阅尽风霜雨露，内心强大，脂腺丰富。伤害，带给它的不是摧毁，而是涅槃。

即使在伤疤上也要结出芳香。

有一位女士，迈着自信的脚步，走向了一个现场招聘节目。

这位四十八岁的女性长相美丽，显得特别年轻。她给人以恬静的感觉，就像三十岁的一样，主持人很诧异，现场几个年轻漂亮的女老板都羡慕不已。

她一个人抚养两个女儿，生活很艰苦，她四处打工，居无定所。她几乎什么都干过，摆过地摊，收过电费，还推销过挂历，经营过电话亭等等。为了给两个孩子支付学费，无奈把房子卖掉了。在节目现场，她叙述自己的经历时是那样平静。现在，两个孩子都考上了很好的大学。主持人说："现在你的孩子都上了大学了，那你就没事了，怎么还出来找工作啊？"她安静地说："我住哪儿啊？绍刚老师！"主持人此时才想起来她说过把房子卖了。

在讲述自己的艰难经历时，她表现得是那样从容，语言平淡。我们无法想象面前这样一位优雅美丽的女人经历过那么多的磨难和痛苦。一位漂亮的女老板问她："你经历过这么多磨难，但现在看起来还是那样年轻好看，这是为什么？"她平静地说："我心态很好，其实我也痛苦过、难过过，但我很快会调整过来。我为了不影响孩子的情绪，在孩子面前尽量不流露出痛苦来。我真的很难很难，但我有一颗坚强的心，我坚持了下来。"她说，她有一颗平常的心。

没有属于自己的房子，便住在内心建造的坚强里，便住在对生命的热爱里，便住在责任和担当里，便住在美好的希望里。

没有固定的工作，没有稳定的收入，但她有固定的美丽，有稳定的心，有善于与人沟通的为人处世能力。

有人问她，面对刁钻的客户时，你怎么办？她说，我以前曾做过收取水电费的工作，有些客户不但不交水电费，说话还很难听。人们问，那你怎么办？她轻松地说，客户第一次把我骂出来，我还会去第二次，他总不会每次都骂我吧？

她以独特的气质征服了在场的老板，受到了普遍的欢迎。她的坚韧、坚持、坚定、坚毅、坚守，她面对困难时乐观的人生态度，闪烁出迷人的光彩。最终，她求职成功。

这是在伤疤上散发出的芳香。

谁第一个看到太阳，太阳便会首先把阳光洒向谁

有一个青年精神颓废、萎靡不振，他时常感到一切是那样死气沉沉，他时常感到一切是那样令人失望。阳光是灰色的，前途是渺茫的。他的心情十分烦躁和低沉。

一天，他遇到了一位老者。他问老者："怎样才能快乐、振奋起来？"老者反问他："你正值青春大好年华，应该年轻有为，前程似锦。为什么会感到不快乐？为什么会感到不振奋呢？"

青年说："事事不如人意，一切暗淡无光。"

老者想了想，带他来到了一棵大树下。

老者问青年："你看到了什么？"

青年摇摇头，说："什么也没看见。"

老者指了指地上的树荫说："这是什么？"

青年看了看说："树荫。"

"你再仔细地看一看！"老者望着青年，鼓励他说。

青年看了半天，说："只有树荫啊！"

老者笑着说："你没看到一朵朵阳光？"

"一朵朵阳光？"青年一边说，一边仔细地瞧着地上。在树荫中，确实有一点点的亮光，仔细观察真的好像一朵朵盛开的亮丽的花朵。青年兴奋地喊道："我看到了一朵朵盛开的阳光。"他为自己的这一发现，欣喜若狂。

青年脸上露出灿烂的笑容。

老者拍了拍青年的肩膀，意味深长地说："如果我们心底暗淡无光，就只能看到阴影。如果我们心底阳光灿烂，就会看到盛开的阳光。"

谁第一个看到太阳，太阳便会首先把阳光洒向谁。

第一个看到太阳的人，是温暖的人。

第一个看到太阳的人，是快乐的人。

第一个看到太阳的人，是幸福的人。

第一个看到太阳的人，是拥有希望、奋发有为的人。

人生的旅途中，心中永远昂扬向上的人，也就是永远拥有灿烂阳光的人。

昂扬向上、积极乐观，是人生的太阳。

努力奋斗、拚搏进取，是人生的太阳。

是什么，
让他们走出了那个山洞

阳光灿烂，正是外出游玩的好天气。几个人一同去游玩，正在他们游兴正浓时，面前出现一个山洞。

有人提议进去看一看，他们便走进山洞。当时正是夏天，天气酷热，而山洞里阴凉潮湿，他们高兴极了，庆幸自己发现了一个这样的好地方。他们试探着，一步一步前行。洞内洞连洞、洞分洞，简直是曲径通幽，是世界上少有的景观。洞内黑暗、阴凉，甚至略带有一点恐怖，给他们这次游玩带来了极大的乐趣，或者说，正是这种刺激给他们这次游玩带来了极大的乐趣。他们沉醉在这洞里，高兴极了。

该打道回府了。可是，要命的是他们在洞里转来转去，却怎么也走不出洞来。他们带来的食物吃光了，他们带来的水喝光了，怎么办呢？

有人后悔了，后悔不该进入这不清不楚的山洞。

大家便互相埋怨起来……

又有人质问，是谁提议要进入这山洞的？

大家便互相指责起来……

完了，完了，这下完了，我们会死在这山洞里的。

大家情绪低沉,奄奄一息。

"我们不能在这里等死啊!"有一个人说。

这个声音像一粒火星,给黑暗的山洞里带来一丝光亮,随后,这粒火星化成火焰,照亮整个山洞。

大家的情绪又高涨起来,大家互相鼓励着,继续探寻着出口。

最后,他们终于走出了那个山洞。

积极、向上,是一种星光。积极、向上,是一种火焰。

积极、向上,是一种能量。积极、向上,是一种光芒。

积极、向上,是生命的走向。积极、向上,是人生的不屈与坚强。积极、向上,是胜利的方向。

人生的光芒是积极向上。

人生的阳光是积极向上。

如果不敢，
那么你一开始就失败了

一切皆有可能。

如果不敢，那么你一开始就失败了。

在新员工上岗培训第一课上，总经理提出这样的一个问题：你们谁认为再过一些年会取消学校？

新员工们你看我我看你，老总怎么问这样的问题？

总经理又重复问了一遍，并补充了一句：就算是假设。

人们开始了议论：

"怎么可能？那学生怎么学习？"

"学校教育极其重要，怎么会取消学校教育呢？"

"知识越来越重要，学校的地位会越来越高。"

"学生不到学校去，学生会慢慢学坏的。"

"那老师不就失业了吗？"

……

一个理由比一个理由充分，员工们坚信取消学校是不可能的，于是便说出了诸多不可能的理由。

谁也没有为取消学校而提供理由或提出补充、代替学校教育的措施，因为人们认为那简直是不可能的。

总经理看了看大家，说："如果它成为了可能，或假设学校可以取消，我们大家想一想，应该怎么办？"大家面面相觑，沉默了几分钟后，开始发言了。

"可以开设网上学校，学生就可以在家里上学了。"

"家长只要教会了孩子学习方法，孩子也可以自学。"

……

人们提供了许许多多的方案。

通过这次讨论，人们悟出了一个道理：离成功最近的是什么。

总经理用这种方式启示自己的员工，没有绝对不可能的，我们的思想不能处于僵死的状态中。

当一件事被认为不可能时，我们便不再想办法，从而使这不可能显得理所当然，于是这不可能变得更为不可能。这其实是最为可怕的。当一件事被认为可能时，我们便可以为这可能找到许多理由，从而使这可能变得有希望成为可能。不可能，是前进道路上的最大障碍，它让我们远离可能，从而使我们远离许多机会，最终使我们远离成功。只有我们认定了一件事是可以做成功的，我们才能够为成功设想许多方法，我们才能够全力以赴去做。

开拓思路，创新思维，树立信心，解放思想。在一个创新世纪里，创新思维是人们工作的灵魂。可能，离成功最近。

一切皆有可能。

春天来了，花会开

一青年来城市打工，找了半个月也没找到工作，出门时带来的钱全部花光了，吃饭住宿都成了问题。他几乎要沿街乞讨。更使他无法忍受的是面子上过不去，到城市来不但没有挣到钱，反而落到这个地步。他想退却，但还是坚持着。他沿街行走，看到一间酒吧，名叫"振兴酒吧"，他灵机一动，何不叫"相约酒吧"？当时正流行那英、王菲演唱的《相约九八》。他把这个主意告诉老板，老板连声叫妙。这家酒吧改名后，这亮丽的名字立刻引起人们的注意，客人蜂拥而至。

老板收留了他，一年之后，他成了老板的得力助手。老板不久又开了一个分店，让他任分店经理。

当困难来临时，我们会以为面临的是汪洋大海，让我们无法逾越，其实，它也许就是一条小溪，如果此时退缩的话，那就会又一次远离成功。坚持一下，跨过去，回过头再一看，困难就会踩在脚下啦！成功与否，往往就在于你敢不敢跨过去。

相信一点：只要春天来临，花就会开放。

谁爱花，花就为谁开放

有一位老人，特爱养花。什么样的花都会在他的院子里开得娇艳欲滴，即使濒临死亡的花草，被别人弃置于野，几近枯萎了，他看花可怜，也会移回家中，细心培植。

不几日，花草竟活了过来。过了一段日子，花开了。那花就好像是为了感谢老人似的，开得异常鲜艳，满院芬芳。

有人问："花在你的手里，为什么就如此旺盛？"

老人说："谁爱花，花就为谁开放。"

谁爱花，花就为谁开放。

给花以爱，花就会给你以爱。

你给花的爱，是培植浇水施肥。花给你的爱，是盛开，是芳香四溢。

你给世界以冷漠，世界给你的也是冷漠。

你给世界以温暖，世界给你的也是温暖。

阳光的芳香

由于贫穷,他十岁时便在远离家乡的一个工厂打工。

三十多岁时,他迷上了书法。他跪在碑林中临摹,一跪就是一天。

一天,一个游客看了他写的字后,随便说了一句:"这小子有前途。"

一句话,给了他希望。

他在苏州寒山寺时,遇到圆湛大师。

大师说:"你随便写个字,让老衲看看。"他写完后,圆湛大师说:"观你神韵,看你运笔,多年以后,你会因画成名。"

于是,读书甚少的他又发疯似的作画。

许多年以后,他成功了。

他就是被称作"当代猫王"的中国画坛巨匠李苦寒。

苦寒,是一种人生的境界。

这是在寒山寺圆湛大师告诉他的。圆湛大师赐他法号苦寒,取梅花傲骨之意。

苦寒人生,需要人坚毅的性格。坚定自己的人生脚步,往往需要付出巨大的努力。

茫茫人生路上，一句鼓励的话，一番指点，可以给人勇气，可以给人方向。

苦寒的人生路上，这些便是阳光。

梅花香自苦寒来，梅花香自阳光来。

阳光，是芳香的。

阳光，使鲜花盛开。

阳光，和鲜花一起芳香。

一句鼓励的话，就像阳光一样，可以给人温暖，可以给人勇气，可以给人方向。

一根麦穗,到底有多重

《拾穗者》是米勒最重要的代表作,这是一幅给人以丰富联想的表现农村劳动生活的图画。从中不难看出画家对劳动的甘苦是有着切身体验的。整个作品的手法极为简洁朴实,晴朗的天空和金黄色的麦地显得十分和谐,丰富的色彩统一于柔和的调子之中。虽然所画的内容通俗易懂,简明单纯,但又绝不平庸浅薄,一览无余,而是寓意深长,发人深思,这是米勒艺术的重要特色。米勒是十九世纪法国现实主义大师,他的大量以农民题材为主的油画、素描、版画,至今仍给我们深刻的启示与鼓舞。《拾穗者》描绘了一个农村中最普通的情景:秋天,金黄色的田野看上去一望无际,麦收后的土地上,有三个农妇正弯着身子十分细心地拾取遗落的麦穗,以补充家中的食物。她们身后那堆得像小山似的麦垛,似乎和她们毫不相关。我们虽然看不清这三个农妇的相貌及脸部的表情,但米勒却将她们的身姿描绘得如古典雕刻一般庄重。三个农妇的动作,角度略有不同,又有动作连环的美,好像是一个农妇拾穗动作的分解图。扎红色头巾的农妇正快速地拾着,另一只手握着麦穗的袋子里那一大束,看得出她已经捡了一会儿了,袋子里小有收获；扎蓝头巾的妇女已经被一上一下不断重复的弯腰动作累坏了，她显得疲惫不堪，将左手撑在腰后；画右边的妇女，侧脸半弯着腰，手里捏着一束麦子，正仔细巡视那已经拾过一遍的麦地，看是否有漏捡的麦穗。农妇们就是如此往复地劳动着，为了全家的温饱，怀着对每粒粮食的感情，耐心而不辞辛苦地拾着麦穗。

只有在离土地最近的地方，才能享受新麦的芳香。

深深弯下腰去，离土地近一些，再近一些。每一次弯腰，都是捡拾一份大地的馈赠。

想起农村的父母，他们为每一根麦穗劳作着。他们珍视着每一根麦穗，就像珍视他们的生命。

一根麦穗，养育我们的麦穗，蕴藏着阳光，蕴藏着汗水。

我们感动，感动父母的辛勤。

我们感激，感激父母的爱。

阳光，灿烂盛开。

我们的心，因感动温暖起来。

让快乐导航

几个人一起去野游,途中迷了路。人们犯了愁,有人唉声叹气起来,来时的欢天喜地烟消云散。

在这个时候,有一个人站在人们面前,微笑着说:"大家看,天是多么蓝,还有鸟儿飞过。地上的草多么绿,还有美丽的野花,多么令人赏心悦目。空气如此清新,这在大城市里是没有的。如此美好的地方,我们有什么理由不快乐呢?"大家一听,对呀!于是,快乐又洋溢在他们周围。最后,他们快乐地找到了回家的路。

是快乐为他们做了导航。

一个人在痛苦时,体内的能量处于停滞状态,一切,都在低层次地运转。

在快乐中,你的心态处于一种积极的状态,它会更有利于你走出困境。在快乐中,你可以更充沛地释放你的能量,从而走向成功。

人生,你的状态至关重要。积极的人会创造辉煌的人生,消极的人会迎来失败的结局。

快乐,使你有一个快乐的人生。

心灵的天空，有风雨阴晴，那就是心情。

明净的天空，阳光灿烂，是你美好的心情。美好的心情，一切是那么生动。灿烂的笑容，是心情的花朵，美丽芬芳。

几朵白云飘动，几缕微风吹拂，心情的天空多了一份灵动。

给心情以阳光，心情便滋润在温暖里，心情便滋养在亮丽中。

送人玫瑰，手有余香。

给人一个微笑，给自己一个好心情。

把坏心情丢下，把它抛在身后，和好心情同行，一路都是美丽风景。

坏心情同往，一路都是险恶，一路布满荆棘。

心情阳光，温馨亮丽。

好心情是一面旗帜，召引我们加紧脚步，不断前行。好心情是一片掌声，鼓舞我们昂首挺胸，勇往直前。

今天的盖茨更富有

善于发现自己，并且善于经营自己，是一个人成功的关键。他读中学时，就发现了自己在软件方面的兴趣，并且在 13 岁时开始学习计算机编程。兴趣，给一个人的成功以强劲的风帆。后来，他考进了哈佛大学。在大学三年级的时候，他做出了一个匪夷所思的决定，离开哈佛，去专心完成他的梦想，把全部精力投入到微软公司中，开始为个人计算机开发软件。这种举动，创造出一个神话。

他就是微软总裁比尔·盖茨。

最近，他宣布了又一个壮举，将把名下 580 亿美元财产全部捐献给慈善事业。有一种"千金散尽不在乎"的豪迈气概。华尔街投资人詹姆斯·里奇评价比尔·盖茨说："他今天的举动，远比创立微软、连续 13 年成为全球首富更令人钦佩。"

年轻时，他有一颗对电脑无比钟爱的心和一个让全世界的人都使用电脑的梦想。年迈时，他投入了第二个梦想——慈善事业。他将会比之前的盖茨更加富有。

全力以赴投入慈善事业为退休的比尔·盖茨打开了人生的另一片

天空。

　　前半生,他缔造了一个伟大的神话,接下来,他将缔造另一个神话。物质的富有,再加上精神上的富足,他的一生充实而幸福。人们经常津津乐道于比尔·盖茨每秒可以赚100美元,但却不去关心他如何花钱;羡慕其连续13年世界首富的身份,而忽略他多年投身慈善事业的事实。不把财富留给子女,这是美国许多富人奉行的原则。在现实生活中,美国人并不十分重视富人们谁比谁钱多,而更看重谁比谁捐钱多。是否能以一种超脱的心态看待财富,这是检验生活品位高低的试金石。数字显示,美国的企业和个人,每年通过各类基金会进行的慈善公益捐助达6700多亿美元,占美国GDP的9%。除了富人外,美国平民百姓在捐款方面也不甘落后,钱多多捐,钱少少捐,无钱捐赠便做义工。可以说,乐善好施的品德已渗入许多美国人的骨髓,融入了美国文化之中。

　　"达则兼济天下",中国人并不缺少慈善的文化传统。我们现代人,面对需要帮助的人,能否伸出友善之手?仁者,爱人,最重要的人是眼下需要你帮助的人,最重要的事就是需要马上去做的事,最重要的时间就是当下。

　　盖茨教给我们如何在现代生活中获取心灵快乐,适应日常秩序,找到个人坐标。上善若水,大智若愚。浮躁的世界里,有没有景致更为开阔的人生?有没有令一颗心更乐意更快慰的通途?什么是我们值得遵守的东西?对自己的超越,对肉身的超越,精神,追求,是你的人生阳光。心,是自己永远的家。多少金钱的诱惑,多少权位的争夺,使人们抛弃了亲情、友情甚至生命。一颗慈善的心,是幸福的港湾。

一颗慈善的心，是人的福祉。一颗慈善的心，是使自己安乐的因素。

我们今天缺少了一种力量，其中最主要的原因就是我们缺少了一种信念。道德的迷失，精神的涣散，使得我们迷茫痛苦。心灵困惑，是一个永恒的话题，也是今天一个最为重要的话题。心灵困惑，以其巨大的杀伤力，虐杀着我们的心灵。我们的物质生活水平显然在提高，但是许多人却越来越不满了。人人都希望过上幸福快乐的生活，而幸福快乐只是一种感觉，与贫富无关，同内心相连。

如今，我们过多地看重自身的利益，而忽视了生命的质量和意义，忽视了精神与爱心。风帆不挂上桅杆，是一块没有动力的布。理想不付诸行动，是虚无缥缈的雾。拥有爱心，就要行动。

把慈善事业作为梦想，怀有的是一颗柔善的心。

今天的盖茨更富有，因为他有一颗善良的心。

春天就在前面

在寒冷的冬天，阳光告诉我们，这是春天的体温，春天就在前面。在寒冷的冬天，雪花告诉我们，雪花的果实是春天，春天就在前面。在寒冷的冬天，风告诉我们，是春天让它来送信的，春天就要来了。

他已经为找工作跑了几十个单位了，但都是无功而返，他几乎丧失了信心。但他鼓励自己说："要相信自己，一定会找到一份理想的工作的！"

他走在大街上，街上空荡荡的。风雪很大，天气格外冷。他一路小跑着驱赶严寒。

一家商店的门牌被风刮了下来。他捡起这个门牌，喊出商店里的老板。

"牌子被风刮了下来，一定要钉牢些。"他说。

老板看着这个陌生的青年，说："到屋里来暖和暖和吧！"

"还是先钉好这个牌子吧！一个商店每时每刻都不能没有门牌。"他和老板一起钉好了门牌。

老板知道他正在到处找工作时，马上留用了他。

由于他工作认真,很快得到了人们的肯定和赞许。

几年以后,他自己成立了一家公司。后来,他成了远近闻名的企业家。

在那个寒冷的冬季,他得到了一份职业,于是春天来到了他的身边。

只要心存善良、不懈努力,即使山重水复,也会柳暗花明。

给自己勇气,成功会向你走来。

一切就在你的不断努力中。不断给自己鼓励,在前进的道路上不断努力,相信黑夜过后就是黎明,相信风雨过后就是彩虹,相信严冬过后就是春天。

善良和努力没有冬季,春天就在前面。

学会宽容，你就会拥有一片广阔的天地

据报载，河北省某中学女生李某在水房洗漱时，不慎将水泼到赵某的洗发液上。两人互不相让，发生激烈争吵并动手厮打起来。李某觉得气愤难平，叫来父兄找赵某"报仇"。在扭打过程中，李某竟从身上掏出铅笔刀向对方脸上乱划，导致对方毁容。最终，一个成为罪犯，等待法律的严惩；一个被毁容，花季少女的脸上留下了永远的伤痕。

据报道，重庆4名年龄在16岁左右的学生为"寻找课本中没有的乐趣"，竟以整人为乐，强迫同学喝尿、吃大便、吞下他们的呕吐物等。受害同学被整得需要长期服用精神类药物，这4名同学也受到了应有的惩罚。

鲜花聚集的地方，是春意盎然的地方。鲜花盛开的季节，是温暖的春天。如花的年龄，应该像花一样美丽地绽放、快乐地盛开。花儿们应该用香味彼此致意，花儿们应该用微笑彼此温暖，而不是互相践踏，不是肆意地宣泄负面情绪。

处于青春期的学生逆反心理比较强烈，往往会发生一些意想不到的暴力事件，青春期心理教育迫在眉睫。处于青春期的学生应该正确认识和调理自己的这种情绪，把不和谐的情绪转化为和谐的情绪，缓解紧张暴躁等状态。同学之间应该坦诚相见，用心沟通和交流。通过读书和交流来提高自己的心理发展的层次，清楚了解自己情感的波动，要善于控制自己的情绪，调整自己的心情，不要沉浸在情绪的沼泽中。

由于青少年自觉地控制自己的情绪和支配自己行为的能力还不强，还没有形成稳定的意志品质，因而极易产生不良的行为。要善于处理与同学之间的关系，培养善于在外界刺激和自身冲突之间自我调节的能力和自制能力。在集体友谊中增进关爱，增加与同学们的集体交往，建立美好的同学友谊。

尝试一下系统脱敏的方法，通过交流和换位思考，在现实交往中逐渐脱敏。要想处理好人际关系，就需要用自己的宽容大度来接纳别人微不足道的过失。假如能对别人少一分谴责，那么相互间就会多一分理解，应该把精力集中在学习上，多参加一些有益的集体活动，调节生活节奏，使过剩的"青春能量"得到有益的、有效的利用，找准自己的情绪坐标，沉淀消解不良的情绪，把良好的青春情绪作为一种能量，凝聚成一种动力，来推动自己的学习和素质的全面提高。

在一个人的成功因素中，情感因子占据着相当重要的地位。情感素质高的人，社会适应能力强，人生态度往往表现出积极、建设性的一面，因而，成功的概率也就相对比较高。情感管理，是情感因素的一个重要方面，有为人生调节节奏、掌握方向的作用。在管理情感上，要采取积极、建设性的管理，从而使自己走向成功。掌握自己的情感，全方位地了解自己的情感，知道哪些是积极的，哪些是消极的，哪些应发扬光大，哪些应逐步克服。还要了解他人的情感特色，这样才能在社会性的工作中避免因情绪冲突而产生的不良反应。选择更有积极色彩的情感，使之渗透在我们的学习和生活中，使之成为更有效的人生成功催化剂。当不良情绪产生时，我们就需要好好控制了，要及时防止不良情绪泛滥。把握情绪是一种能力，它需要我们不断学习不断锻炼。学会用理想、责任感来调节自己的情绪，培养良好的心境，防止不良心境的产生，及时消解不良情绪，不要使其堆积和发展，注意情绪的有效转移。

学会宽容，你就会拥有一片广阔的天地。学会真诚，你会拥有一片灿烂的阳光。

那些年，我们也曾玩过的"奔跑吧兄弟"

《奔跑吧兄弟》是浙江卫视引进韩国《Running Man》推出的大型户外竞技真人秀节目，里面有些场面，看着看着发现，这不是和我们小时候玩的"藏迷糊"差不多吗？

哈！《奔跑吧兄弟》是升级版的"藏迷糊"。

藏迷糊，就是捉迷藏，也有的地方叫"藏猫猫儿"。

那时候，天刚一擦黑，就会看到胡同里有人一边走，一边"啪啪"地拍着屁股，嘴里喊着"片儿片儿老四，片儿片儿老四……"，接着，就会不断有小孩从家里跑出来，加入这支队伍。

人数感觉差不多了，分成两队，先用包袱剪子锤的方式来决定哪一队人先躲，哪一队人来抓躲的人。

赢的一方，开始躲了。

大约几分钟后，另一队开始大搜捕了。

躲的人，要藏得足够隐蔽，什么墙角啊，空的水缸啊，柴草垛里啊，只要在一定时间里对方找不到你，你就赢了。

当然，也会遇到这样的事情，躲的人等了很久也没人来找，自己实在也憋不住了,或者自己好奇想看看外面是什么情况了,便从隐蔽的地方探出头来,谁知刚一出头,便被附近的对手发现了。

　　有时,也会遇到恶作剧的事情。躲的人等到很久也没人来找,已经到了半夜了,还没人来找,等到自己出去一看,哪里还有什么玩伴,大家都回家睡觉去了。

那些年，我们和泥巴在一起艺术创作的事

每个孩子都是一个艺术家。

有时，我们会做一些"艺术"的事：脱模。脱模，其实就是我们那时候的一种"艺术创作"。我们在"换娃娃的"那里换一两个用红泥土烧成的模子，或者从伙伴那里借到那种模子。那泥模子上边有各种图案，有的是动物的图案，有的是花草的图案，有的是人物的图案。

村北，有一条小河。我们在河堤上挖很深的坑，就可以挖到一种很细腻的红色胶泥。只有这种胶泥才可以脱出好的泥模子。我们把挖出来的胶泥在石板上摔啊摔，摔的时间越久，胶泥就会越好用。摔打好后的胶泥掐一块，按在模子上，压平，注意，这可是个手艺活，劲用大了，会压坏母模子的；劲小了，印出来的图案不清楚。所以，这时要检验你的脱模功夫了。感觉可以了，轻轻地把模子取下来，胶泥就复印上模子上的图案了。如果原先的模子的图案是凸出来的，复印出来的图案就是凹进去的。如果原先的模子的图案是凹进去的，复印出来的图案就是凸出来的。

脱模后的模子要放在太阳晒不着的地方风干，然后放在阳光里晒

干。如果一开始就放到阳光下暴晒，泥模会晒裂的。最后一道工序就是烧制了。把模子放进灶膛里，埋在没完全熄灭的火灰里，火候、时间，都是模子最后成色的关键。

接下来，就是见证奇迹的时刻了。等把模子从草木灰里扒出来，烧得好的，就像红砖一样坚硬，颜色红红的，很好看。烧得不好的，灰不溜秋的，又难看又不坚硬。

如果小伙伴里谁能烧一手好的泥模，那可是我们孩子眼中的大师啊！粉丝一群群的，倍儿有面子。

对！那个小伙伴就是我们眼里的"泥人张"。

致我们美好的温暖的青春

总有一种经历,让我们难以忘怀。总有一种情义,让我们魂牵梦萦;总有一种友爱,让我们刻骨铭心;总有一种情感,让我们泪流满面。

有一种生活,叫书香盈盈。有一种生活,叫青春与书相伴。青春时,读书时,你的心地便会繁花似锦。

也许,时光是最好的滋养,雨露般哺育着万物,直到苍老或成熟。最懂得岁月的,最终成为香甜、熟透的果实。心若淡定,幸福自来。心若淡然,美好自来。在纷繁的世界里,慢慢懂得了做最好的自己。

青春的美好,青春的癫狂,青春的蓬勃,青春的美丽,让我们度过人生最美好的时光。以后我们毕业了,我们会各自走向自己的远方。抛下多余的行囊,背上美好的行囊,扎实地一路走去,带着美好的梦,遇到最好的自己。

世界那么大,我要去看看。但是走过万水千山,你才会发现,校园是我们每一个学子永远的心灵家园和精神故乡。思念,总是装满长长的梦。记忆,总是闯进静逸的夜里。今晚,在我的梦里,满满的都是你:我上铺的兄弟,我同桌的你,我同班的你,我讲台上的恩师。

再没有比同学情更纯真的友谊,再没有比师生情更伟大的情义。我们犹如亲生兄弟,我们堪比亲生姐妹。因为,我们有同一个老师。因为,我们在一起度过了人生最美、最真的时光。

说好了,我们再相聚。相聚难,相见难。在一起,就是一种幸福。风风雨雨,岁月流年,一见,喜地欢天。一见,泪流满面。师生相聚,每一朵微笑,都是我们的春暖花开。师生相聚,即使在无月之夜,也是温暖满满。即使在无月之夜,也是阳光灿烂。

最后一捆韭菜的快乐

喧哗的街道，嘈杂的菜市场，下班时间，匆匆而行的人们。

一个进城卖菜的农民，满脸笑容地招呼着："韭菜！韭菜！"

街道上人变得少了，人们都匆匆赶回家去了。

还有最后一捆韭菜，他不甘心，他想如果带回家去，明天这捆韭菜就烂了。

于是，他不甘心地等着。这时，一辆汽车停在他的面前，走下一位工人模样的人，把那捆韭菜买了。

他欢喜地笑着说："谢谢！多亏又等了一会儿，还真没白等，你看！最后一捆韭菜也卖出去了。"

他兴高采烈，像中了彩票一样。他哼唱着不知是什么名字的歌曲，骑上自行车欢快地走了。

他的自行车骑得飞快，他要赶着回家，在汽车流里，他只能时而穿行汽车之间，时而紧贴着路边走。但他一脸的兴奋，使得街道的人们不由自主地看着他。

一天的营生就这样完成了，好高兴啊！回家，老婆孩子做好饭菜在等着他哪！幸福啊！回到家，大喊一声："老婆！今天的菜全卖光了！"然后，全家人数着钞票，一角、一元……虽然也就是几十元钱，还不够城里人一包烟钱，但他们会像发了财似的高兴。

我真的很羡慕他们，羡慕他们如此幸福。

他们很幸福。是他们挣的钱多？不是，几十元钱，还不够城里人一顿饭钱。是他们住的房子好，住的房子大？也不是，他们住的可能是小平房，没有豪华的装修，冬天没暖气，夏天没空调。是他们没有危机感？也不是，他卖菜时，一怕卖菜的多、买菜的少，二怕城管，一旦被城管查处，心疼罚款啊！罚的款让他好几天算是白干了。

但他还是那么高兴，很简单，就是因为今天的韭菜全卖出去了。

就这么简单。

他敏于幸福，钝于郁闷。

但是，我们却对幸福迟钝起来，对郁闷却敏感起来。

天真，就是天使。简约，就是美好。生活中一个小惊喜，生活中点点滴滴，都会使快乐变得单纯，从而从心里自然滋生一种快乐和幸福。人，喜欢攀比。其实，攀比是快乐的腐蚀剂。不要一味地进行攀比，那样会让自己变得痛苦或飘飘然。快乐，与美好的心灵相近。无论取得成绩还是遭遇挫折，无论身处逆境还是顺境，都要带着快乐的心情去享受或奋斗。享受美好，奋斗赢得美好。自己即使微不足道，即使渺若沙尘，也要满怀热情与兴趣，也要满怀感恩和平和。是啊！我们的人生总是有那么多苦恼，其实，这正是因为我们往往想得过多，在乎过多，计较过多。多了，也就沉重了。沉重了，也就压抑了。这些重重扛在肩上的负荷，压得我们喘不过气来，我们应该轻轻地把它们放下，放下了，也就释然了。生活中，需要我们用一种温暖的态度、积极的心态，学着活得朴素一些，坦然和快乐一些，快乐和幸福便会来到我们身边。

我们是什么时候忘了自己是自己情绪的主人？我们丢了幸福感，又不会捕捉、挖掘、导引生活中零散、隐藏的幸福感，那些被我们粉碎了的幸福就这样被我们扔进了垃圾箱，我们甚至无法恢复或搜集这些幸福碎片。我们应该修建我们的快乐感，删除我们的烦恼，这样，快乐就会洋溢在我们身边。

点亮我们生活的，是温暖的光

有时，我们把自己当作机器，当作生产财富的机器。于是，我们拼命地生产财富，超负荷运转，使得我们的机器不但不可能生产快乐，还会提前报废。我们让生活承受得太多，让生活不堪重负。我们忘记了生活机器的使用寿命仅仅是 0～100 年，不正常的使用，使得我们的生活机器功能失常，不能获取应得的快乐。在我们长期操作不当、长期超压使用或严重违规操作的过程中，我们不尊重自己的生活，忘记呵护父母赐予我们的最珍贵的礼物。

也许，人生需要追求的太多，我们根本无暇关爱生活本身。殊不知，生活是易碎品，切勿倒置。每个人都是一个装置，眼睛、鼻子、嘴，是为你组装好的容貌，这种装置需要保养，但不应随意拆装。

拥有善美的心和美丽的生活，夜里便拥有一轮清月。拥有善美的心和美丽的生活，清晨便拥有一轮红日。生活阳光最灿烂。

谁爱自己的生活，生活就爱谁。让美丽的正确的绿色的生活文化滋养我们的生活。美丽的正确的绿色的生活心态，是一种积极向上的心态，是一种健康乐观的态度，是一束可以点亮我们生活的温暖的光。

它会给我们带来春天的心境和生活的福音。

我们追求生活和心灵快乐以外的东西太多，这些追逐的劳累和痛苦压抑着生活和心灵的快乐。我们关注物欲太多，关注生活和心灵太少。我们腐蚀生活和心灵太多，滋养生活和心灵太少。

生活，需要我们呵护，就像花需要用春天来唤醒一样，我们应该用春天的温度温暖生活。

在这个时代里，始终保持一种优雅的生活姿势，始终保持一种优美的心境，那是一种有香味的生活，那是一种美丽的生活。

生活如此多娇，她娇艳美丽，也娇气脆弱。她需要我们好好地珍惜，好好地爱，好好地呵护。

让我们的生活更鲜活、更生动吧！

好习惯，你身边的贵人

习惯，往往会伴随一个人很久，甚至是一生。

坏习惯，是人生路上的羁绊。好习惯，是人生的助手。好习惯，是你身边的贵人，它会帮助你一路走好。

人犹如一台电脑。人的身体就像电脑的硬件，人的思想就像电脑的软件，人的思想也可以有选择性地安装，你选择了怎样的心态、思想方法和思维方式，就决定了你会有什么样的成就！习惯若不是最好的仆人，就是最差的主人。你每次摆脱掉一个坏习惯，都是在形成一个好的习惯。成功的过程就是好习惯代替坏习惯的过程，所有的改变都是在改变潜意识。

亚历山大帝王图书馆发生火灾的时候，馆里所藏图书被焚烧殆尽，但有一本不很贵重的书得以幸免。有一个能识几个字的穷人，花了几个铜板买下了这本书。书本身不是很有意思，但书页里面却藏着一样非常有趣的东西：一张薄薄的羊皮纸，上面写着点铁成金石的秘密。所谓点铁成金石，是一块小圆石，能把任何普通的金属变成纯金。小纸片上写着：这块奇石在黑海边可以找到，但是奇石的外观跟海边成千上万的石头没什么两样。区别在于：奇石摸起来是温的，而普通的石头摸起来是冰凉的。这个穷人于是变卖了家当，带着简单的行囊，露宿于黑海岸边，开始寻找点铁成金石。他知道，如果他把捡起来的冰凉的石头随手就扔掉的话，那么他可能会重复地捡到已经摸过的石头，而无法辨认真正的奇石。为防止这种情形的发生，每当捡起一块冰凉的石头，他就往海里扔。一天过去了，他捡的石头中没有一块是书中所说的奇石。一个月，一年，两年，三年……他还是没找到那块奇石。但是，他不气馁，继续捡石头，扔石头……没完没了。有一天早上，他捡起一块石头，一摸，是温的！他仍然随手扔到了海里，因为他已经养成了往海里扔石头的习惯。这个扔石头的动作太具习惯性了，以至于当他梦寐以求、苦苦寻觅的奇石出现时，他仍然习惯性地扔到了海里。

英国教育家洛克说："习惯一旦养成之后，便用不着借助记忆，很容易很自然地就能发挥作用了。"

培根说："习惯真是一种顽强而巨大的力量。它可以主宰人生。"一个人的行为举止，是社交中的无声语言，是个人性格、品质、情趣、素养、精神世界和生活习惯的外在表现。在日常生活中，看某个人的行为是优雅还是粗俗，实际上就是在看其行为举止是否符合礼仪的要求。有些人在个人行为举止上不拘小节，把日常生活中不文明的行为举止当作小事，而不加注意和重视。其实，文明举止恰恰是从一些小事情做起的。如在公交车上主动为有需要的人让座，这看起来是一件小事，却反映了你的文化素养和文明程度。文明的举止往往能给人留下深刻的印象，使人乐意与你接近；而粗俗的举止会使人对你疏远，必将影响你的社交活动的展开。由此看来，个人行为举止不是一件小事，在人际交往中，应使自己的行为举止符合文明规范的要求。要做到举止文明，首先要克服行为举止是小节问题的思想，要从小处着眼，从小事做起，从我做起；其次要注意文明习惯的养成和积累。只有这样，才能成为一个品格高尚的人。

做人是这样，做事也是这样。

好习惯，是你身边的贵人。

一个坏习惯，会使你一步步走向失败。

一个好习惯，会帮助你一步步走向成功。

撕下当天的日历

美国著名实业家诺曼·比尔有一种习惯，每天下班回家时，都会这样说："从现在起举行晚上仪式。"然后，他便撕下当天的日历，揉成纸团丢进纸篓里。

时光，不管你如何惋惜，都无法挽留。何不该送走的就送走，该迎接的就张开双臂迎接。不放下手中的"过去"，怎能空出双手迎接"未来"？

蓝天有鸟儿飞过，而蓝天从不留下翅膀的痕迹，鸟儿从而可以在蓝天任意飞翔。今天，不应为明天投下阴影；今天，不应为明天设下篱障；今天，应为明天开辟道路；今天，应为明天创造空间。

花儿只有谢了，才能结果。不要因留恋花的艳丽而误了结果。

撕下当天的日历，明天的日历跃入眼帘，新的一天便提前报到，我们也因此提前开始为明天做准备。

低着头，一味地沉浸在过去的痛苦或幸福中，都是停滞不前，抬起头，才能向前走。

撕下当天的日历，迎接明天的到来。明天又将有一个鲜活的太阳为我们升起。

太阳每天都是新的,我们要以全新的姿态,再一次全身心地投入全新的一天。

信念坚持浇铸西行路

前无古人,后无来者,唐僧,一代高僧成就千古伟业。他的西行路,是用信念和意志浇筑而成的。

唐僧十三岁出家当了和尚,法名叫玄奘。唐朝贞观年间,政府禁止私人随便出国。凡出入国境都要得到国家批准。公元627年的八月,玄奘向政府申请出境,遭到拒绝。决心西游的玄奘,便夹在商人中间混出了玉门关,单人匹马踏上了西行的征途。那一年,玄奘二十八岁。《西游记》中的唐僧是国王欢送西去求经的,而真实的玄奘却是偷偷出国的。玄奘的西行之路是一条由信念、坚持和智慧浇铸而成的求知之路。

莫贺延碛是现在瓜州县到哈密市之间的大沙漠,有八百多里长,又称八百里流沙。白天"热风如火",晚上却又"寒风如刀",气候变化无常。茫茫黄沙之中,上不见飞鸟,下不见走兽,地上连小草也不长。玄奘孤身一人,只有一堆堆白骨和驼马粪当路标,引导前进。玄奘走着走着,不小心把一皮袋清水泼翻了。怎么办?回去取水吗?不能。玄奘发誓:宁可西进而死,决不东归而生,不到天竺,誓不回头。在滴水不进的困难情况下,他又走了四夜五天,口干唇焦,终于晕倒在沙漠之中了。幸好,那里离水草地不远,到了夜半,凉风习习,把昏迷中的玄奘吹醒过来。玄奘的那匹识途的老马驮着他找到了水源,脱离了险境。玄奘遭遇的大多是自然和官员的阻挠,而《西游记》中的唐僧遭遇的大多是妖魔鬼怪。玄奘,信念坚定,有智有谋,坚守信仰,有大智、大德。在佛法上,玄奘是一个追求上进、追求真知的僧人,为了辟伪求真,为了世人能读上真正的大法真经,他不惜西行以身求法,并立下誓言:不求得真法决不东行一步、能可面西而死决不望东而生。他周游古印度数百国,恭恭敬敬地做了十余年的"留学生",终学成而归,留下上乘大法,同时开创了唯识宗,同时留下了《大唐西域记》这样的传世巨著。

我们无法想象那种艰难,我们无法理解那种坎坷,唐僧的经历告诉了我们:大磨难造就大成就,大意志成就大事业。

在废墟中站起来

1993年,美国哈理逊纺织公司在一场大火中化为灰烬。许多人劝董事长亚伦·博斯立即宣布公司破产,从而取得保险公司的赔偿一走了之。当时美国正处于经济危机,在经济萧条的大背景下,这些劝告似乎是合理的。正当3000名员工面临失业在家的悲观结局时,董事长宣布:向全公司员工继续支薪一个月。员工们备感意外,惊喜万分。一个月之后,董事长又宣布向全体员工支付薪水一个月。员工们不再只是意外和惊喜,而是从内心感激。他们纷纷拥向公司,自发地组织起来在废墟中清理机件、擦洗机器,帮助公司跑业务,搞修建。大约3个月后,哈理逊公司重新运转起来。现在哈理逊公司已是美国最大的纺织品公司,它的子公司遍布五大洲60多个国家。

在废墟中重新站立起来,靠的是什么?奇迹的出现,靠的是什么?在废墟中,员工们日夜不懈地卖力工作,恨不得一天干25小时。他们使出浑身解数,公司上下齐心协力、共渡难关。是什么使员工们发挥全部的热情与潜力?不是商业性决策,不是商业性的措施。当时有人认为董事长感情用事、缺乏商业精神。而正是亚伦·博斯的"感情用事",使得公司在一片废墟中重新站起来,重建了一个大型纺织品公司。他是最善于经营的企业家,他用的是"感情经营",这正是企业家品格的凸显。

一切都成为废墟了,只要内心没成为废墟,一切可以从头再来。一切都荒芜了,只要内心没有荒芜,一切可以从头开始。

为自己埋下梦的种子

有两个孩子在野外放风筝。

弟弟问:"哥哥,为什么风筝会飞得那么高?"哥哥说:"我想是因为它比较轻吧。"

"可是,风筝在逆风时被吹成弓形,为什么反而上升得更快呢?"弟弟又问。这下哥哥不能回答了。

两个人躺在草地上,仰望着天空。他们看见鹰在天空中自由地翱翔。

"啊,你看,那鹰!它想怎么飞就怎么飞,假如我也能像鹰那样在天空中飞翔,那该多好啊!"

"人也能像鸟一样在天空中飞吗?"

"假如在我们身上装一对翅膀,不就可以飞起来了吗?"

两个孩子为自己新冒出来的想法无比兴奋,正是想象,为这两个孩子埋下了"飞天之梦"的种子。

后来,他们完成了人类历史上动力飞机的载人飞行。他们就是被誉为"飞机之父"的美国发明家莱特兄弟。

想象，是人类珍贵的智慧；想象，是人类创造的源泉；想象，是一种力量，它是人类不断前进的动力。

拥有想象力，便拥有了一种力量。

> > > *第五辑*

离成功最近的

当一件事被认为不可能时，我们便不再想办法，从而使这不可能显得理所当然，于是这不可能变得更为不可能。这其实是最为可怕的。当一件事被认为可能时，我们便可以为这可能找到许多理由，从而使这可能变得有希望成为可能。不可能，是前进道路上的最大障碍，它让我们远离可能，从而使我们远离许多机会，最终使我们远离成功。只有我们认定了一件事是可以做成功的，我们才能够为成功设想许多方法，我们才能够全力以赴去做。

离成功最近的

当一件事情成为可能了，我们就不再有
惧怕了。从而也不会再感觉事情太难
想不可行了；然而这一点，又非常重
要因为，这一件事能以成功而言，能够同
以达到胜利，多数是由，从方法的角度
地所看到的事情，不因，要想走成功
的最大障碍，已经有在改革的地方，从而反
已经使我们会做，容易而完成的地方，只
有我们做到了一件事是可以做到的，迫切
不满而去改变我们的方法，我们才能这
才能走上成功。

自信的宝石

他是一个自卑、内向的学生，上课从不主动举手回答问题，他怕说错了别人笑话他。他的学习成绩总是在班里后几名，有几次他甚至想退学。一次，老师讲碳酸钙一课，讲了一些矿石的知识。第二天，他拿来一块石头，一块很好看的石头，想让老师看一看是什么矿石。那是一块好看的石头，虽然不是什么宝石。老师看到他眼睛中含着希望之光，不想打击他，告诉他石头确实不错，也许还是一块宝石。他听了老师的话很高兴，似乎在同学面前第一次有了面子。后来，老师发现他似乎变了，变得活泼了一些，也变得爱学习了，他的成绩也慢慢好了起来。

现在，他在一个工厂里做化验员，并且干得很出色。让自己拥有一块宝石，让自己拥有一片自信的天空，你会腾空飞起。这块美丽珍贵的宝石，便是自信。给自己一块宝石，一块叫作自信的宝石。

在杂草中盛开的月季花

这是一片废弃的场地，地上长满了杂草。

有一株月季开出鲜艳的花朵，在杂草中格外显眼。其实，这株月季已经在这里生长了两年了。它在杂草中悄无声息地生长着，和杂草一样，没人注意它，它甚至比杂草还要寂寞，因为它孤独。杂草还有伙伴们陪伴，而它只有自己。

但是它没有忘记生长。没人在意它，没人在意它的生长或枯萎，它没有选择枯萎，它选择了生长，不停地生长。生长，是自己的事情，不是为了博得别人的在意。陪伴它生长的是风雨阳光。陪伴它生长的是寒来暑往，最后，它终于开出了美丽的花。也许，这时有人开始注意到它了。也许，这时仍然没有人会注意它。但它依然生长着，依然开着自己美丽的花，不管别人是在意还是不在意。

其实，很多时候我们人类应该向植物学习。它们有着优秀的品质，不管你在意还是不在意，它们都努力生长着。不管你在意还是不在意，它们都会开花，结果。

他从小就喜欢唱歌。家境贫寒的他，没有放弃自己的爱好，唱歌不误农活，于是，他在田间地头放声歌唱，快乐地生活、劳作。庄稼在他的歌声中生长，家禽快乐地听着他的歌声。那么多年，他的歌声不仅没人关注，甚至还招来了一些非议。但他还是唱着，不管别人是在意还是不在意。几十年后，在一次选拔赛上，他的一首《滚滚长江东逝水》，简直就是杨洪基的原声再现，让人难辨真假。那声音纯净，辽阔，厚重，回荡在人们的耳畔，震撼了观众。

  他就是朱之文，一个山东农民。他说，他自己从未想过当明星，只想做个普普通通的农民，当个平常百姓，和家人一起快快乐乐地生活。有人问他以后想不想到城市生活，他说在农村喂个鸡啊，养个羊，种点地，很乐呵啊！

  人很多时候，做事总想证明给别人看。事实上，大家都在忙自己的事情，别指望人们总是向你投来关注的目光。做自己的事，让别人去忙他们的吧！

  人，往往在意得太多。请问，没有了鼓励，你是否坚持？没有了欣赏，你精神是否昂扬？

一个神奇的梦

一个梦幻般的闪念,造就了一个伟大的发现。在这个梦里,一个神奇的景象出现了:它旋转着,像蛇一样。有一条蛇咬住了自己的尾巴,这个形状虚幻地在他的眼前旋转着,像是电光一闪。

他醒了。梦里的奇怪情景,使他联想起自己最近研究的一种化学物质的结构。莫非……果然,那种化学物质的结构和他梦里的蛇咬住了自己尾巴地样子惊人地相似。

1829年的一天,在德国的达姆施塔特市,一个婴儿出生了。正是这个婴儿,长大后为化学这门学科做出了巨大的贡献。他就是著名化学家凯库勒。

凯库勒天生好学。在中学时,他就学会了四门外语,他还喜欢建筑学,是个爱好广泛的学生。

凯库勒与化学结缘是在一次庭审中。赫尔利茨伯爵夫人的案件开庭审理了,凯库勒在旁听。在法庭上,李比希教授拿出一枚戒指。教授测定了金属的成分,然后从容地说:"白色是金属铂,即所谓'白金'。现在伯爵夫人侍仆的罪行是明显的,因为白金从1819年起,才用于首饰业中，而他却硬说这个戒指从1805年就到了他手中。"

凯库勒听了，感到李比希教授太神奇了，对李比希教授的所教学科化学也产生了兴趣。

1861年起，凯库勒开始研究苯的结构。他曾记载道："我坐下来写我的教科书，但工作没有进展；我的思想开小差了。我把椅子转向炉火，打起瞌睡来了。原子又在我眼前跳跃起来，这时较小的基团谦逊地退到后面。我的思想因这类幻觉的不断出现变得更敏锐了，现在能分辨出多种形状的大结构，也能分辨出有时紧密地靠在一起的长行分子。它旋转着，像蛇一样地动着。看！那是什么？有一条蛇咬住了自己的尾巴，这个形状虚幻地在我的眼前旋转着。像是电光一闪，我醒了。我花了一夜的剩余时间，做出了这个假想。"于是，凯库勒首次满意地写出了苯的结构式，并指出芳香族化合物的结构含有封闭的碳原子环。

这位传奇人物，给人们留下很多化学巨著，他的治学精神和传奇色彩也被万世传颂。

感谢紫罗兰

英国化学家罗伯特·波义耳,一位伟大的化学家。

他的女友很喜欢紫罗兰花。他的女友去世后,他一直把紫罗兰花带在身边,即使是做实验时也把紫罗兰花放在实验室里,以表达对女友的思念。

一次,在实验中他不小心把浓盐酸溅在紫罗兰上了。这下他慌了,这可是他心爱的紫罗兰啊!波义耳赶紧把冒烟的紫罗兰用水冲洗。波义耳很是心疼,对着紫罗兰观察了很久。

突然,波义耳发现深紫色的紫罗兰变成了红色。

啊!太神奇了!

波义耳想,是不是其他花遇到酸碱也会变色呢?对!做实验看看!

实验结果发现,大部分花草受酸或碱作用都能改变颜色。善于思考和创造的波义耳从石蕊地衣中提取出紫色浸液,它遇酸变成红色,遇碱变成蓝色。波义耳用石蕊浸液把纸浸透,然后烤干,这就制成了实验中常用的酸碱试纸——石蕊试纸。

用这种方法来检验酸碱太方便了。当人们赞美波义耳这一发明时,波义耳微笑着回答:"这应该感谢紫罗兰!"

波义耳童年时并不显得特别聪明。他很安静,说话还有点口吃,没有哪样游戏能使他入迷,但是比起他的兄长们,他却是最好学的,酷爱读书,常常书不离手。1641年,波义耳兄弟在家庭教师陪同下,游历欧洲,年底到达意大利。旅途中,即使骑在马背上,波义耳仍然是手不释卷。他在化学和物理学研究上都有杰出贡献。

玛丽·居里

玛丽·居里是第一个荣获诺贝尔奖的女性科学家，也是第一个两次荣获诺贝尔奖的科学家。

1867年11月7日，玛丽·居里出生在波兰华沙的一个教师家庭。玛丽的童年是不幸的，她的妈妈得了严重的传染病，是大姐照顾她长大的。后来，妈妈和大姐在她不满10岁时就相继病逝了，她的生活愈加艰难。这样的生活环境培养了她独立生活的能力，也使她从小就磨炼出了非常坚强的性格。

玛丽从小学习就非常勤奋刻苦，对学习有着强烈的兴趣和特殊的爱好，从不轻易放过任何学习的机会，处处表现出一种顽强的进取精神。她学习非常专心，不管周围怎么吵闹，都分散不了她的注意力。她在做功课时，她的姐姐和同学在她面前唱歌、跳舞、做游戏。但是，她没有受到任何影响，就像没看见、没听见一样，依然在那里专心致志地学习。姐姐和同学想试探逗引她，便悄悄地在她身后搭起几张凳子，只要她一挪动，凳子就会倒下。时间慢慢地过去了，她仍然在看书，直到她看完了一本书，凳子依然没有倒下。可见她看书是多么专注。从上小学开始,她每门功课都考第一。她从小就十分喜爱父亲实验室中的各种仪器,长大后她又读了许多自然科学方面的书籍,这更使她充满幻想。她急切地渴望到科学世界中探索。但是当时的家境不允许她去读大学。19岁那年,她开始做长期的家庭教师,同时还自修了各门功课,为将来的学业做准备。这样,直到24岁,她终于来到巴黎大学理学院学习。她带着强烈的求知欲望,全神贯注地听每一堂课,艰苦的学习使她身体变得越来越不好,但是她的学习成绩却一直名列前茅。这不仅使同学们羡慕,也使教授们惊异。

在镭提炼成功以后,有人劝居里夫人向政府申请镭的专利权,垄断镭的制造,以此发大财。居里夫人说:"那是违背科学精神的,科学家的研究成果应该公开发表,别人要研制,不应受到任何限制。何况镭对病人是有好处的,我们不应当借此来谋利。"居里夫妇还把得到的诺贝尔奖金大量地赠送给别人。

1934年7月4日,居里夫人病逝。

失而复得的奖章

战火弥漫在祖国的上空，他无时无刻不在思念祖国。他获得的诺贝尔金质奖章被纳粹分子盯上了，这枚诺贝尔金质奖章随时都有可能被抢走。怎么办？果然有一天，纳粹分子闯进他的房间，他们满屋子里搜索，柜子里、抽屉里、床底下，但都没有。桌子上放着一个玻璃瓶，玻璃瓶里有一些液体。纳粹分子看了一眼："哼！一个书呆子！屋子里除了书，就是这样的破瓶子，什么有价值的东西也没有。丧气！"纳粹分子一无所获地走了。那枚诺贝尔金质奖章藏在了哪里呢？难道蒸发了？其实，那枚诺贝尔金质奖章就在那个玻璃瓶里。不会吧？那个玻璃瓶里不是装着一些液体吗？再说，大家都知道，金子是不溶于水的，也不溶于盐酸、硫酸，那枚诺贝尔金质奖章怎么会在瓶子里呢？

那瓶子里的液体可不是水，也不是一般的酸，那是用浓硝酸和浓盐酸按1∶3的体积比配制成的一种混合溶液，这种混合溶液叫王水，王水的溶解能力可谓强大，不溶于盐酸、硝酸的金子，却可以乖乖地溶解在王水里。这枚诺贝尔金质奖章被溶解在王水里，从而逃过了一劫。

战争结束了,他从王水中还原提取出金,然后重新铸成了奖章。他就是玻尔,丹麦著名的物理学家,诺贝尔奖的获得者。他利用化学原理保存好了诺贝尔金质奖章。

好玩牌的化学家

故事发生在1867年,在俄国圣彼得堡大学里,一个年轻的化学教授经常拿着一副纸牌,反反复复地把玩。

人们都很纳闷,这个人不和大家一起玩牌,一个人把纸牌玩来玩去的有什么意思啊?

这个人就是化学家门捷列夫。

俄罗斯一次化学学术讨论会上,学术讨论进行了三天了,学者们各抒己见,纷纷发言,但门捷列夫始终没有发言。主持人问:

"门捷列夫先生,您有什么见解?"门捷列夫从口袋里掏出一副纸牌甩在桌子上,在场的人都很诧异,这可是严肃的学术会,这里可不能玩牌。

门捷列夫沉着地把牌整理了一下,然后展示给学者们看。这不是一副普通的扑克牌,每张牌上写的是一种元素的名称、性质、原子量等,共63张,代表着当时已发现的63种元素。更怪的是,这副牌中有红、橙、黄、绿、青、蓝、紫七种颜色。门捷列夫真不愧为玩纸牌的老手,一会儿工夫就在桌子上列成一个牌阵:竖看就是红、橙、黄、绿、青、蓝、紫各一列，横看那七种颜色的纸牌就像画出的光谱段，有规律地每隔七张就重复一次。接着，他有声有色地讲这些牌上的内容。这时门捷列夫的老师实在看不下去了，气愤地一拍桌子站起来，呵斥道："快收起你这套魔术吧，身为教授、科学家，不在实验室里老老实实地做实验，却异想天开，想通过摆摆纸牌就发现什么规律，这些元素难道就由你这样随便摆布吗？……"门捷列夫的老师越说越气愤，愤怒地离开了会场，其他人见状也纷纷站起，这场讨论会散场了。

但门捷列夫并没有灰心，继续摆弄他的这副纸牌，当什么地方接连不上时，他就认为一定是还有新元素没被发现，他就暂时补一张空牌，这样他一口气预言了11种未知元素，那副牌已是74张。在随后的几年中，门捷列夫预言的11种元素陆续被发现，后来发现的氦、氖、氩、氪、氙和氡又给元素周期表增加了新的一族。

1875年元素镓、1880年元素钪、1886年元素锗的发现，三次验证了元素周期表的正确性。

1907年2月，73岁的门捷列夫去世了。

但他的元素周期表至今仍然是化学学习和研究的一张重要的指南图表。

大自然的探索

童年的达尔文很热爱大自然,对神秘的大自然充满了浓厚的兴趣。

随着年龄的增长,他自学了很多自然知识。他善于观察,善于思考。有一天,他走进一片茂密的树林,一棵大树吸引了他,他围着这棵大树来回转了好几圈。他仔细地观察着,突然看到在快要脱落的树皮下,有个东西在里边蠕动着。是什么呢?好玩!他的兴趣来了,他轻轻地剥开树皮,发现里面有两只小甲虫。他一下子把它们抓在手里,放在手心里高兴地逗它们玩。

说来也巧,正在他玩得很高兴的时候,树上又掉下一只甲虫,这只甲虫长得更奇特,他很想捉住它,但手里有两只小甲虫,无法空出手来捉这第三只甲虫,他顾不得那么多了,急忙把手里的一只甲虫放到嘴里,空出手来伸手把第三只甲虫抓到了手。

他仔细地观察着这只甲虫,从它的头部到身体到足部,从它的身体颜色到爬行动作,由于他太专注于手里的这只甲虫了,竟然把嘴里的那只给忘了。你想啊,在他嘴里的那只甲虫待太久了,实在憋得受不了了,它想冲出达尔文的嘴,于是,它放出一股辛辣的毒汁。哎呀!

他的舌头被这个小家伙蜇得又麻又痛。他这时才猛然想起来嘴里有只甲虫,赶紧将嘴里的甲虫吐到手心里。

为了纪念他首先发现的这种甲虫,达尔文就把它命名为"达尔文"。

后来,他登上"贝格尔号"军舰进行环球考察。达尔文每到一地都会认真地考察研究。一天,"贝格尔号"到达巴西,达尔文上岸后攀登上南美洲的安第斯山。当他们爬到海拔4000多米的高山上时,达尔文惊奇地在山顶上发现了贝壳化石。奇怪了!达尔文想:海底的贝壳怎么会跑到高山上了呢?

苦思冥想后,他猜测这可能是地壳升降的原因。

后来,达尔文写出了科学巨著《物种起源》。《物种起源》的出版,在全世界引起了巨大的轰动。

是什么树，果实便说明一切

看到这样一个故事，说院子里不知什么时候长出了一棵树，奇怪的是，这树大家都不认识。主人很是纳闷，一有人来，便请教他们是否认识这棵树。一位农民看了看，说："这是一棵李子树，一看叶子就知道。"几年过去了，一位见多识广的老者见到这棵树，对主人说："你们有樱桃吃了，你看你们门前的那棵樱桃树，花开得多茂盛。"直到深秋的一天，院前有人丈量土地，说道："这是谁家的核桃树，要赶快移走，明天挖掘机就要来了。"主人质疑，说："人家都说这是棵樱桃树，你怎么说是核桃树？"对方答道："我没见过樱桃树，还没吃过樱桃吗？树上明明挂着一颗核桃。"

是什么树，果实便说明了一切。

被误解，被忽视，那就让果实证明自己。

被轻视，被排挤时，别急于证明自己，因为此时证明自己，根本无济于事，你很难改变别人的观点，那就改变自己，让自己成长成长再成长，让自己努力努力再努力，让自己开出花来，开出花来，也不要急于证明自己，让自己再结出果来，果实是最好的证明。

在开花之前，我们往往急于证明自己，于是，耽误了开花。结果，更无法证明自己了。

在结果之前，我们往往急于证明自己，于是，耽误了结果。结果，更无法证明自己了。

让自己结出最甜蜜、最丰硕的果实来，甜蜜和丰硕便是最好的证明。

寒冬里，给自己一个春天

4平方米，27年，当这两个数字呈现在我们眼前时，那是多么恐怖、多么难以忍受啊！然而，他就在这不足4平方米的单人牢房里坐了27年牢，27年，那是多么漫长的岁月啊！难以下咽的食物，冰冷的水泥地，暗淡的时光，让人窒息的空气，还有时时伴随的孤独、寂寞、绝望，足以摧毁人的意志，足以把人置于死地。

但是，在放风的时候，他突发奇想，用手掌摩擦岩石，将摩擦下来的灰尘偷偷带进牢房。这个几乎是神经质的动作，他坚持了三个月，三个月他积攒了巴掌大的一点泥土。然后又省下少得可怜的饮用水浇在土上。一个月后，这个几乎看不到天的地方，生命出现了：土上长出了苔藓。

这不是苔藓，这是他的生命伙伴。他每天都坐在苔藓旁，默默地向它诉说心里的哀怨忧伤。绿色，使他心中拥有了希望。绿色，使他有了信念。这不是苔藓，这是他的希望，这是他的信念，这是他的春天。

他真的不愧是"世界上拥有最强大心灵的人"，他就是南非前总统曼德拉。

最大的敌人，不是别人，是自己。人往往不是被别人打倒的，而是被自己打倒的。

信念，希望，来自内心。如果内心冷却了，即使在春天里，阳光也是僵硬的。如果内心拥有信念，即使在寒冬里，心中的阳光也会温暖全身。

一朵花，唤醒一个世界

"不抛弃，不放弃。"当这句话成为《士兵突击》许三多的经典台词时，当这句话成为国人激励自己的格言时，我真的被这句话折服了。

不抛弃，这是一种爱自己也爱他人的体现。

不放弃，这是一种积极向上的最好诠释。

很多时候，我们很难坚持自己。我们可以一时守住自己，却很难永远守住自己。特别是在人生的低谷。

永远给自己和他人一个自信的姿势，那么，你的人生便会永远充满阳光。

几名志愿者前往四川参加抗震救灾，他们看到的是一片废墟。

在一个临时搭建的帐篷里，住着几个灾民。里面简陋的陈设显示着地震过后的凄凉。但是，在帐篷的一角，有一盆花在灿烂地盛开着。它是那样美丽鲜艳，是那样耀眼夺目，它的芳香充满整个帐篷。虽然它是栽在一个一次性餐盒里，但它是那样顽强地生长着。这几名志愿者被这盆花感动了。

见志愿者在注视这盆花，一个灾民说这是他从倒塌的废墟中捡来的，它原来的花盆早已破碎，只好把它移栽在一次性餐盒里，没想到还真的活了，而且还开了花。

一片废墟，一盆花。

一盆花，唤醒一个世界。

这盆花给废墟中的人们一种生命力的暗示，这盆花给废墟中的人们一种顽强的暗示，这盆花给废墟中的人们一种希望的暗示，这盆花给废墟中的人们一种灾难面前不屈的暗示。花总会开的，困难总会过去的。

我们想想，那位在废墟中捡起那盆花的灾民，他的面前虽然是一片破败的景象，但他的心中一定拥有一个希望的春天。那种热爱生命热爱生活的精神在捡起那盆花的一刻彰显得淋漓尽致。

一花一世界，有这种美好乐观的生活态度和顽强不屈的精神，有战胜困难的信心，相信他们会很快走出灾难，重新建起自己的美好家园。

不抛弃，包括一盆花。那么还有什么抛弃的呢？

不放弃，包括一盆花。那么还有什么不可以从头再来的呢？

风风雨雨，阳光依然。

给人温暖，
也就给自己一个春暖花开

有一种情怀，是赠人玫瑰。

走过季节的清浅与沧桑，保持一朵花的微笑，给人温暖，也给自己春暖花开。

这样，时光便会静好。

有一个人做生意失败了，资金链断了，再没有大量资金到位的话，他的产业就会倒闭了。

此时，他想到了胡雪岩。他便找到胡雪岩，说可以开出低价让胡雪岩来收购自己的产业。看来人如此焦急，胡雪岩详细了解情况以后，马上调集了大量银子，并给出正常的市场价来收购了那人的产业。

那人简直不敢相信，没想到胡雪岩并没有按照低价来收购自己的产业。更让他惊喜的是，胡雪岩说，我只是代为保管你的这些抵押资产，等你挺过这个难关后，随时都可以来赎回属于你的东西。

那人热泪盈眶，没想到胡雪岩没有落井下石趁机捞一把，而是雪中送炭，救人危难，不但给了他翻身的资金，而且给了他赎回自己的产业的机会。

胡雪岩身边的人表示不理解，问怎么送上门的肥肉都不吃，不但不趁对方急需钱叫低价格，还给对方银子。

胡雪岩笑了笑，对大家说："在我年轻的时候，我只是店里的小伙计，经常帮着东家四处催债。一次，正赶往另一户欠债人家中的我遇上了大雨，路边的一位陌生人也被雨淋湿。正好那天我随身带了伞，便帮人家打伞。后来，每到下雨时，我便常常帮一些陌生人打伞。时间一长，那条路上认识我的人也就多了。有时，我自己忘了带伞也不怕，因为会有很多我帮过的人也来为我打伞。"

大家纷纷赞许。

胡雪岩接着说："你肯为别人付出，别人才愿为你付出。刚才那位商人的产业可能是几辈人慢慢积攒下来的，我要是占了他便宜，人家可能一辈子都翻不了身了。这不是投资，而是救人，到头来交了朋友，还对得起自己的良心。谁都有困难的时候，能帮点就帮点吧。"

大家听了以后，都陷入沉思。他们在体会胡雪岩说的话中的道理。

果不其然，过了一些日子，那位商人又来了，千恩万谢之后，便赎回了他的那份产业。自此，他和胡雪岩成了最好的朋友和商业往来中最值得信任的合作伙伴。

胡雪岩的为人赢得了大家的信任和赞赏，大家自然都愿意和胡雪岩做生意，所以他的生意格外好。

有一种情怀，是给人温暖，这样，也就给自己一个春暖花开。

遇上你，是我的缘

你陪我慢慢变老，我给你一世情缘。

沿时光的脉络，悄悄地把春天复制在心底，这样，可以一路把春天粘贴，这样，一路给自己一个春暖花开。

一念，若尘；一梦，千里。

有书相伴的岁月，由于书香盈盈，你的岁月便有了不一样的纹理。有的书，可以任你驰骋想象，不为别的，只为你的快意恩仇。有的书，可以让你体验旷世孤独，或艳羡那倾城温暖，或沦陷于自己内心的风景。

书，我是如此幸运地遇上你。

遇上你，是我的缘。

躲在一个季节的深处，读书。

在最美的年华里，遇见了你，那最美的年华便熠熠生辉。有书相伴，那么，在最美的时光里和最美的地方，遇见最好的自己。

在风雨交加的日子里遇到你，你虽然无法撑起一把油纸伞为我身体遮风挡雨，但你可以撑起一把精神的油纸伞为我的心灵遮风挡雨。

沧桑岁月，云卷云舒。

一弯浅笑，风轻云淡。

心中若有一朵莲，何处不是桃花源？上大学的时候就很喜欢席慕蓉的诗，唯一遗憾的是总带着淡淡的忧伤！后来慢慢地也很欣赏徐志摩的诗，读了他的很多故事。佩服张幼仪的善良和隐忍；欣赏陆小曼的浪漫和美丽；更羡慕林徽因的才华和倾国倾城的容颜，还有她那倾世之恋！诗歌喜欢看海子、余秀华。前者是难以望其项背的天才，后者是泥土中的一株玉兰。在薄薄的历史尘埃里，美好的书，不染风尘。在浅浅的流年中，书是另一个可以偎依和让你托付一生的归宿。一炉沉香，就是一段文字。有一种文字，可以教会我们该以什么样的姿态绽放。可以教会我们在泥泞中用善良缔造：现世安好，岁月静好。

八千里路云和月，有书不觉天涯远。携一本书去远方，书是最温暖的行李。白岩松的率真和犀利让我关注了《幸福了吗？》，他的真性情，他的深刻思考，更重要的是他的大胆直言，让人们一次次关注起这位电视主持人的书来。在动身整理行囊前，我拿上一本《幸福了吗？》，作为一路上欣赏的另一道风景。在《幸福了吗？》中，这位素来以眼光犀利著称的央视新闻评论员，对当下中国人幸福感缺失的现实，给予了一针见血的"诊断"："并非时代造成人们不幸福，而是现在到了一个人们开始关注幸福的时代。"《幸福了吗？》率直地袒露了作者内心世界的茫然、纠结和最终无愧于内心的选择，白岩松说："快乐只是片刻的，可以五秒钟一笑而过，但幸福是个长久的状态，是人心灵上持续的平静和圆满。以前大家都觉得，楼上楼下电灯电话就是幸福了，可如今物质富足了，却发现幸福并没有到来。"我们很多人都在发动着、进行着一个人的战争。我们的内心有着许多敌人，他们无时无刻不在和我们对决。他们也许很强大,在摧毁着我们经营起来的静美心境。这些敌人有的来自私欲军团,有的来自贪婪战队,有的来自邪恶组织,有的来自颓废团伙。面对这些敌人,我们如果没有强大坚定的信念,很难战胜。硝烟弥漫中,我们自己会溃不成军。白岩松送给自己十二个大字:捍卫常识,建设理性,寻找信仰。让我们乘书籍的光芒,做一次心灵的旅行。这里给予了我们美丽多彩的视觉盛宴,也给予了我们丰美的精神盛宴。读一本有关幸福的书,走进幸福的地方。读一本有关幸福的书,走在幸福的路上。

  在书海里,笑傲江湖。不要把大好的时光仅仅用在朋友圈里。书,可以赐予我们美丽的生活姿态,简洁明净的生活线条,更能勾勒出真实丰满的生活。

> > > *第六辑*

风雨阳光，给你的每一段成长以美丽的绽放

在贫瘠的土地上，她像一棵倔强无名的花草，顽强地生长着，在风雨中滋润磨炼，最后绽放出美丽芳香的花朵。

卷六篇

风雨阳光，

爱，暖暖的能量

男孩从小说话口吃，常遭人嘲笑。为此，男孩有些自卑封闭。但母亲总是尽力为男孩的口吃找一些完美的借口，她说："这是因为你太聪明了，你的舌头怎么跟得上你这聪明的脑袋瓜呢？"

母亲是用鼓励和爱培育着他。这是母亲经常对他说的话："想做什么，你尽管去做好了，你一定会成功！"母亲不断地给他自信。

男孩从这些话中理解了母亲对他深深的爱和希望，没有自暴自弃，而是奋力从困难中挣脱出来。

但母亲也有严厉的爱。男孩参加一场冰球比赛，他们球队最终以连续七场失利的惨烈结果给这场比赛画上了一个句号。男孩心灰意冷又气急败坏，愤怒地将球棍摔向场地，然后摔摔打打地走进休息室。

突然，一个女士冲进来，大声训斥道："如果你不知道失败是什么，你就永远都不会知道怎么才能获得成功。如果真不知道，那你最好不要来参加比赛！"

男孩被母亲训斥后猛然清醒。

他就是通用电气公司董事长兼CEO杰克·韦尔奇。

爱，有着一种巨大的力量。爱的阳光里，会发生许多奇迹。沿着母爱，孩子会寻找到人生的光辉。沿着母爱，孩子会走向人生的辉煌。爱是人的一种本能，爱散发着人性的光辉。家长要教会孩子爱自己、爱他人、爱父母，懂得爱，懂得付出，做一个内心温暖、柔软的小孩。教会孩子爱自己，爱生活，懂得珍惜生命。

每个孩子都是一个天使。于丹教授有一个学生，给于丹教授做了一个礼物，礼物背面写道：其实每个孩子都是掉在地上的天使，他们来到地上是因为他们的翅膀断了。我遇到了你，就是遇到了一个为天使缝补翅膀的人。家长是孩子的第一任老师，做一个为天使缝补翅膀的爸妈吧！爱，是阳光。爱，是雨露。用爱爱我们的孩子，用心哺育我们的孩子。

最珍贵的礼物

任何一个人都有他的优点和缺点，不要因一点不足而垂头丧气，也不要因一时得意而趾高气扬。

人，要善于比较，在比较中发挥优势，弥补不足。当然，比较应综合全面。

从前有一个学生，每一次考试几乎门门功课都挂红灯，拉班级的后腿。然而，他后来被评为全国优秀企业家。原因是他善于发挥自己的优势，避开自己的劣势。最终他成功了。

他说，他的成功源于一份礼物。有一次他考试考了二十多分，又是全班倒数第一。正在他又一次陷入悲观时，老师对他说，这一次不是比以前多了将近十分吗？他说，他从老师的目光里看到了鼓励。

他说，他这一生中收到的最贵重的礼物就是老师那句话和鼓励的目光。

还有这样一个故事，有两个镇给失业家庭发放补助金，一个镇称其为"救济金"；一个镇称其为"保险金"。前一个镇的失业家庭觉得太少，充满了抱怨，并期待安排工作。后一个镇的失业家庭觉得从此没有了后顾之忧，便开始努力争取工作。

不同的观念，带来不同的局面。

给别人一点关怀和鼓励，对你是举手之劳，别人可能会受益匪浅。这是人生最珍贵的礼物。

尘埃中，
也要绽放最美丽的花朵

某一年的九月初九，陕北榆林大河塔乡冯家湾村，在这个贫瘠的黄土高坡上，一个普通的农民家庭里，一个小妮子出生了。

这是家里第二个妮子了，就叫她"二妮"吧！

乖巧聪明的二妮喜欢听歌，奶奶和妈妈的歌声便成了她的启蒙教材，她跟着奶奶学会了唱《绣荷包》《骑青马》。

4岁的二妮便开始了她的"演艺生涯"，村里谁家办喜事她都去唱歌。

二妮家很穷，但父亲很有远见，把13岁的二妮送进榆林市百花艺术学校去学艺，为此，父亲外出打工挣钱交学费。由于挣的钱少，时常欠学校的学费。二妮学习很是刻苦，周末也在教室里练功。

凭借优异的学习成绩，二妮本应该在中专毕业后报考大学的艺术院校继续深造，但二妮明白父母供自己上中专已是很艰难了，为了挣钱替父母减轻家庭生活负担，她放弃了上大学的想法。

倔强、坚强的二妮没有放弃自己的梦想，她在艰难的生活环境中没有停下追求梦想的脚步。后来，她参加了中央电视台CCTV《星光大道》

节目，她以甜美、清脆的歌声和淳朴的陕北妹子形象打动了亿万观众的心。她原生态的歌声、朴实的性格和浓厚的陕西口音，很受人们喜欢。央视"梦想剧场"破例为二妮做个人专场之后，王二妮成为了人们心中的"陕北民歌无冕之王"。

接着，她多次代表中国到世界各地演出，并于2013年在新加坡成功举办了个人独唱音乐会。

她就是王二妮。黄土高坡给了她甜美、清脆的歌喉和淳朴的性格，在贫瘠的土地上，她像一棵倔强无名的花草，顽强地生长着，在风雨中滋润磨炼，最后绽放出美丽芳香的花朵。

在冰雪中也要绽放美丽

许多花都开在温暖的春季或清凉的秋季,唯独它绽放在寒冷的冬季。当群花争奇斗艳的时候,唯独它默默、孤独地释放幽香,它"无意苦争春,一任群芳妒",它"零落成泥碾作尘,只有香如故",它就是——梅花。

冬天,大雪过后,冰天雪地,到处一片肃杀的气氛。植物们都进入了休眠期,以避开风雪的摧残;动物们也纷纷躲起来进入了冬眠。唯独梅花,任凭风吹雪冻,将自己傲然开放在这冰天雪地之中,向冬天不屈地示威!

这一枝枝梅花就像是一面面旗帜,在寒风中迎风招展。一朵朵梅花用自己绽放的幽香与美丽来告诫寒冬:不要以为你可以冻结万物,我们就都要向你俯首称臣。或许他们会向你的淫威低头,但我会与你对抗到底。这无声胜有声的宣言,足以让人们对其肃然起敬。

每当梅花那红色、黄色、暗紫色的花瓣舒展娇躯、绽放笑容时,一簇簇的花朵在寒风中摇曳,散发出阵阵清香,令人心旷神怡。可是谁又清楚梅花所受到的折磨呢?"梅花香自苦寒来",吹拂它的不是温柔和煦的春风而是凛冽刺骨的寒风；滋润它的不是贵如酥油的春雨而是冰冷的冬雪；温暖它的不是温和的阳光而是严冬的一缕残阳。梅花是饱经了与严寒、风雪的斗争，才得以将自己的微笑在冬天里绽放，给予寒冬饱含怜悯的批判。

梅花，你用微笑无言地对抗着寒冬，你就是寒冬中那一团彩色的火，照亮了整个冬天，温暖了整个冬天。

人，也应该这样，在冰雪中也要绽放美丽。这样，即使是在冬天，你也可以用自己美丽的绽放，给自己一个春天。

两堵干打垒的土墙

有两堵干打垒的土墙,南墙和北墙。从外观上看,它们没有什么区别,都是灰秃秃的,都是用土垒成的。

一年的风风雨雨过去了,它们还是站在那里。

第二年,一场风雨之后,南墙倒塌了,而北墙还挺立着。

倒塌的南墙不服,对北墙说:"都是一样的土墙,都是用泥土垒成的,我已经倒了,为什么你却没有倒下?"

北墙笑而不语。

"一定是我这边遭受的风大雨骤!"南墙辩解说。

"不是!这几天的风是北风啊,我受到的应该最强烈啊!"北墙说。

南墙想了想,也是。

"那是怎么一回事啊?"南墙问。

北墙说:"我们虽然都是用土垒的,是干打垒,人们在垒你时,只是用石锤轻轻地敲打了几下,就忙着往高处垒;而人们在垒我时,用沉重的石锤反复地捶打,把我夯得很实。"

想不很快倒塌,很简单,多敲打几下就可以了。

要想成大器,就要经历无数次的锻打。

在泥泞中腾飞

每一个成功者的经历,都使我们悟出很多道理。这是一个传奇人物,他给我们很好的启示。

他从小就经历磨难,9岁那年,他的父亲离开人世,他便与母亲相依为命,生活条件很艰苦。就在他13岁那年的正月初二,一场意外的大火将贫寒的家付之一炬。无奈之下,母子只好在废墟上搭建了一间草房,这一住就是两年。草房非常简陋,简直可以用四面透风来形容。他曾因疾病休学,耽误了不少功课。他喜欢思考,受电视广告的启发,他发明了适合自己思维的联想记忆法。他发现电视广告的播放一开始是1分钟,隔一阵子改成了30秒,再隔一阵子改成15秒,可是看到15秒的广告时,自然会想到1分钟时的情节。他靠这种联想记忆法,将落下的功课一点点补上,最后顺利地考进了大学。后来,他在当地小有名气,写作、出书、做主持人。可是,此时的他又有了一个新的决定,他告别了70岁的母亲、27岁的妻子和5岁的儿子,只身飞往美国。到美国后,一切都重新开始。加之语言又不是特别通,其中的艰辛可想而知。但再多的磨难也没有让他退缩。他知道,只有不断进取,才能成功。

后来,他成为著名的作家和学者,他就是刘墉。刘墉的书影响了很多正在成长或已成长起来的年轻人,所著的七十余种文学、艺术图书,长年在畅销榜上名列前茅。我们羡慕他的成就之时,也应该从他的奋斗历程中学会努力拼搏。他有一句名言:不走下这个山头,怎么攀上那个山头?他把人生分作三个境界:骆驼境界、狮子境界和婴儿境界。他这样诠释这三个境界——骆驼境界:不怕苦地向前走,当骆驼能不畏艰苦、勇往直前,明明知道前面的路途遥远,没吃没喝,"虽九死其犹未悔",那骆驼走着走着,就会成为一头狮子。狮子境界:在刘墉看来,墨守成规的人,如果不能突破,只称得上骆驼,算不得狮子。当狮子走下山头,他又要穿过荆棘,行过沼泽,忍受饥渴,可能半路体力不支,摔得粉身碎骨,但是他心里有一座山峰,所以要一次又一次地踏上征途,超越自己的极限,证明他是一头狮子。婴儿境界:人老了,如同秋天,经历了春华秋实,做完了一生的功课。回想前尘,历历在目,生命在演替,新的生命又在经历着他们的春华秋实了。他们在下一代婴儿的成长中,回归了自然。刘墉的人生正是这三种境界的更替演绎——不断地在平凡中创造超越。"有一颗很热的心,一对很冷的眼,一双很勤的手,两条很忙的腿,和一种自由的心情。"是啊!热诚地对待生活,冷静地观察世界,勤奋地工作,永远拥有积极向上的激情,这些便构成了成功者的成功元素。奋斗,才能拥有璀璨的荣耀、明媚的风采。只要我们不断追求,不懈奋斗,就会拥有一道属于自己的亮丽风景。在泥泞中努力,坚信最终会走出泥泞,从而腾飞。

　　只有不断跋涉的人,才能抵达美丽的目标。

一样的材料,不一样的品质

在一个商品橱柜里,商品乙标价几元钱,它看了看周围,看到商品甲标价几百元。

商品乙问:"伙伴!你的价格怎么那么高?"

商品甲说:"我们可能有所不同吧。"

"怎么不同?咱们用的材料是一样的啊!"商品乙说。

"制作我们的材料是一样的,但是,你只是经过简单的加工,而我却经过了精雕细刻、千锤百凿。"

商品甲是一个艺术品,而商品乙只是一个半成品。

有过多少历练,就会拥有多少收获。每一次历练,都是一次积累。

每一次历练,都是一次人生经验的积累和人生价值的体现。

历经风雨,才会见彩虹。

成功者都要经过很多磨难。

出自同一块铁

有一块铁,被切成了两块,一块铸成了一把剑,另一块也铸成了一把剑。

两把剑摆在了市场上。一把剑出价几千,另一把出价几十。

出价几十的那把剑不服,说道:"我们出自同一块铁,为什么它价值几千,我才几十?太不公平了!"

没人理会它。

后来,两把剑到了两个武士手里。

在一场武打中,拥有那把价值几千的剑的武士挥舞着宝剑,一片刀光剑影,宝剑削铁如泥,他愈战愈勇,大获全胜。

而拥有价值几十的那把剑的武士一出剑就剑断身亡。

后来那把宝剑又和断剑碰在一起。

断剑困惑地说:"至今我还是不明白,我们原来是一样的啊!是什么使我们变得不同了呢?"

宝剑说:"我们虽然出自同一块铁,但是你只是被轻轻地敲打成型而已,而我历经了千锤百炼。"

历经了千锤百炼,才会拥有辉煌。

在摔打中才会奋起

一个青年向老者抱怨,说现实太残酷,总是把人的理想粉碎,把人的热情浇灭。在现实面前,人变得世故,变得庸俗,变得虚伪,变得狡猾,变得残忍。否则,你就会被现实抛弃,被现实打击得遍体鳞伤。

"是吗?"老者道。

"不是吗?有多少富有理想的青年最终放弃理想,有多少有远大抱负的青年最终变得现实起来。"青年说。

老者想了想,拿出一个玻璃球、一个铁球、一个皮球、一个气球,说:"你看!它们都是球,现在我把它们都抛向地面。"说完老者把这些球扔向地面。

玻璃球落地了,摔得粉身碎骨。

铁球落地了,它不但没有被摔碎,反而把地面砸下了一个坑。

皮球落地了,它高高弹起,弹起后,又跌落在地,落地后又高高弹起。

气球并没有落地,它反而升空了。

老者问:"同样都是球,都是抛向地面,情况是那样不同,结果是那样不同,原因是什么呢?这其实关键在自身。不要总是抱怨现实,要多从自身上找找原因。完善自己，提升自己，是最重要的。"

青年沉默了。

"你想做哪种球呢？"老者说，"做一个玻璃球，就会经不起挫折，就会很容易在现实面前放弃自己的抱负，甚至彻底失败。做一个钢球，因为自己的一身刚强正气，在任何困难面前它都会表现得大义凛然，从而战胜困难。做一个皮球，会不断地在和地面的撞击中锻炼自己、提升自己，逆境，不会磨灭它的斗志。做一个气球，永远保持昂扬向上的心态，不管遇到什么艰难险阻，总是积极向上。"

青年重重地点点头。

在摔打中才会奋起。

积极向上，人生正能量。

坚持到第二块糖

　　国外一研究机构曾做过这样一个实验,让一组儿童分别进入一个空荡荡的大房间。房间里什么摆设都没有,却非常醒目地放着一块糖。每一个孩子在进去之前就被告知,他将在这间屋里单独待一段时间,如果他能坚持到规定时间仍没有吃掉这块糖的话,他将被奖给第二块糖。经过对这组孩子长达几十年的追踪调查发现,那些在房间里就把糖吃掉的孩子,长大后多不如坚持得到第二块糖的孩子有作为。

　　坚持是心理素质的衡量,坚持是对心理素质的考验,坚持到底才能成功。也许还差一步,你就成功了,而你此时却放弃了。当然,坚持有时异常艰难,但你要想成功,就必须坚持,而且要坚持到底。

　　你要成功,就必须坚持。你能坚持到第二块糖吗?

　　要想成功,就必须坚持。

广告时间请别走开

很多电视连续剧中间往往要插播一些广告，有的还在屏幕上提醒观众：广告时间，请不要走开。或者：广告过后，请继续收看。或：广告之后，节目更加精彩。

其实，人的一生有时也像一部电视连续剧，一集集上演着人生的悲欢离合，也像电视连续剧，有低谷也有高潮。在这人生连续剧中，往往也要插播一些"广告"——暂时的不如意，暂时的迷惘、困顿，形成一段喧宾夺主或是枯燥无味的空白，让很多人失去等下去的耐力。几乎没有人提醒你："广告"时间，请不要走开。或者："广告"过后，请继续收看。或："广告"之后，节目更加精彩。很多人就在这个时候，转换了他的频道。

也许，你稍微坚持一下，甚至休整一下，就是另一番境界了。

转一转也许风平浪静，但等一等也许海阔天空。人生的精彩，就要到来，而恰在此时，你已走开。

如果人生出现了广告时间，不妨暂时休整一下，养精蓄锐。

如果人生出现了广告时间，请不要轻易走开。

这个寒冷的冬天，
他却感到很温暖

这是一对父子，他们在路边等公交车。

孩子大约有四岁的样子，拉着父亲的手，生怕一松手父亲就不见了。

阳光很强烈，晒得人头上直流汗。这是酷夏的下午，正是太阳正毒的时候。

孩子还小，受不了这样的暴晒。孩子直喊热。可是，路边一棵树也没有，找不到一点阴凉处。

怎么办？

看到孩子晒得发红的脸，父亲很心疼。

父亲突然有办法了，父亲解开上衣，抓着衣服张开双臂，只见他的身后留下一块阴影，父亲很是为自己的发明激动，兴奋地说："来！孩子，站到我的影子里吧！"

孩子站在了父亲为他撑起的"树荫"里。

孩子快乐地笑起来，孩子感到了凉爽。

父亲感到很幸福。

许多年以后。

儿子长高了，长大了，比父亲高出一头多。

这对父子还是在这条路上等车，这是一个冬天，风很大，吹得人身上很冷。

儿子说："爸爸！站在我身后吧！"

"为什么？"父亲刚要问，马上就明白了。儿子这是要为他遮挡寒风啊！

父亲热泪盈眶。

这个寒冷的冬天，他却感到很温暖。

爱，人性的温度。

路的旁边也是路

商场如战场。

竞争是残酷的,商场不相信眼泪。

打拼了几年后,他终于在商场上败下阵来。

他坐在湖边,呆呆地望着湖水,他不知道接下来自己该从哪里再一次起步。湖边有一垂钓的老人,老人坐在那里,似一尊雕塑,一动不动,那种镇定,那种从容,令他感到吃惊。他走过去,老人依旧一动不动地注视着水面,一副从容不迫的样子。终于,一条鱼咬钩了,他钓到了一条鲜活的鱼。

一种欢快心情打破了宁静的场面。

老人看了看他,问:"年轻人,也来钓鱼?"

他向老人问过好后,说:"我哪有心情钓鱼,生意上的事已搞得我焦头烂额,我破产了。"

"哦!"老人说,"那你是准备从此停止奋斗,还是要重整旗鼓呢?"

他说:"我当然想再次大干一场。但是,我做过市场考察,几乎所有项目都有人干了,所有的项目都让人领先了,我还能干什么呢?"

"这倒是,现在想找一项新项目,确实很难。就像是所有的路都有人走了,再走别人走过的老路,步人后尘,肯定是难有起色,难有作为的——"老人说。

"那我可怎么办呢?"他急切地问。

"年轻人,你想过没有?路的旁边也是路。"

路的旁边也是路?他重复着老人的话,大悟。

路的旁边也是路,他想,在每一个经营项目中,它的边缘也会拥有一些商机。

于是,他重新振作起来,开始寻找一种新的商机。终于,他找到了。

他成功了。

他说,他要感谢那句话:路的旁边也是路。

路的旁边也是路。把思路打开了,满世界都是路。

穿越大漠

一个学习上很吃力的孩子,考试名次总是落在其他同学的后面,他完全丧失了自信心。一天,他流着泪对父亲说:"我脑子反应慢,不聪明,我会一事无成的,我怎么办呢?"说着,他哭起来。

父亲也知道自己的孩子笨,比不上那些聪明的孩子。但自己的孩子虽然笨,但他总是自己的儿子啊!父亲不想伤儿子的心,便安慰他说,不要紧,慢慢会好的。

听多了,儿子便不信了。他知道自己的父亲是为了安慰他,他说:"您总是说我慢慢会好的,您一定是骗我的。"

父亲想了想,说:"孩子,我怎么能骗你呢?你是我的儿子啊!"

父亲接着说:"我问你一个问题,你说是小狗跑得快,还是骆驼跑得快?"

"当然是小狗啦!"儿子说。

"对,确实是小狗跑得快!骆驼笨笨的,跑得也不快。但是如果把一只小狗和一匹骆驼放在沙漠中,开始,一定是小狗跑在前面,但最终走出大漠的,会是哪一个呢?"父亲说。

儿子说:"小狗!"

父亲说:"不对!应该是骆驼。虽然小狗跑得快,但在茫茫大漠里,长时间长距离跋涉,小狗会无法忍耐的,它最终会被大漠吞没的。而骆驼就不同了,它虽然跑得没有小狗快,但它有坚毅的耐力,耐干渴,可以长时间长距离地跋涉。所以,最终走出大漠的应该是骆驼。"

儿子点点头,说:"我明白了!我懂了!"

从此,儿子并不因自己的笨拙而失去信心,他努力学习,刻苦攻读。

终于,他考取了一所著名大学,后来成为一名优秀的工程师。

有毅力,能坚持,就会穿越人生的大漠。

在风雨中绽放出
美丽芳香的花朵

逆风的地方，更适合飞翔。

逆境更容易磨炼人的意志与信念。有一个 12 岁的小女孩，一天，她看到远处有人挑着担子走来，也许因为是第一次看到，她感到新鲜、好玩，此时的她不但不觉得这是个又苦又累的活，反而对此羡慕起来。

"好玩！我也要试一试！"

于是，她偷偷地独自去买煤，竟把 50 斤煤挑回了家。要知道，她当时体重才 50 多斤。

童年的她家庭负担很重，到了 13 岁时，她可以挑得动 70 斤煤了，但是，她的体重才 60 斤啊！可见，这个小女孩之所以如此"喜欢"吃苦受累，是因为她知道在吃苦中才会变得强大起来。

好倔强、坚强的女孩！

梦，可以把我们带入一个温暖的情景。梦，可以把我们带入一个美好的意境。有梦，心就可以飞翔。童年时代的梦是多彩的，也是纯真、美丽的。她总是一个人悄悄地想那些美好的、美丽的、带有理想色彩的事情。例如：她喜欢养小动物，在寒冷的冬天，她就设想自己在结冰的路面上捡到一只冻坏了的蝙蝠。她将它带回家,把它放在一大团暖和的棉花里面,再将棉花团放到火炉旁,然后看着蝙蝠慢慢苏醒。这样,她就救活了它。冬天没有蚊虫,给它吃什么呢?她就训练它吃饭。它长啊,长啊,长得很大很大,翅膀一张开像一把油纸伞一样。她想象着,她带着这只巨大的蝙蝠在冰天雪地里飞啊飞!这些梦想,带给童年的她很多美好的感受。

　　她喜欢读书,一开始,她阅读了家里的哲学书、所有文学书以及所有能从别的地方借到的文学书。

　　一个小女孩安安静静地看书,一阵花香飘来,她深深地呼吸了一口新鲜的空气,脸上露出幸福的微笑。书中的故事吸引着小女孩,故事里的情节打动了她。从此,读书成了小女孩最喜欢的事情。

　　后来,她读完卡夫卡就读博尔赫斯,读完博尔赫斯就读但丁,读完但丁再读歌德……英文的读一遍,中文的也读一遍。

　　她在街道工厂做过铣工、装配工、车工,还在街道做过赤脚医生。但是,她依然喜欢写作,她沉浸在文学的世界里。她的小说,现已成为哈佛大学、日本中央大学等世界知名大学的文学教材。

　　她回忆以前时说道:"我买不起收音机,别人给我一个巴掌大的半导体,一个茶杯口大的唱片装置,我跟着蚊子一样的'唧唧唧唧'的声音学'灵格风'。在语言上,我没什么天赋,就是一遍又一遍地重复。坐得住而已。何况我和哥哥邓晓芒都遗传了酷爱哲学的爸爸的'逻辑思维'。我能抓住句子的内在结构。所有东西都能自学,英文当然也可以。"给自己力量,给自己希望,给自己一个笑容,给自己一片阳光。给自己一个希望,风雨中你也会看到彩虹。

她就是残雪，原名邓小华，先锋派文学的代表人物。残雪自小喜欢文学，追求精神自由。残雪1985年开始发表作品，1988年发表短篇小说《山上的小屋》《苍老的浮云》。已发表的短篇小说有《污水上的肥皂泡》《阿梅在一个太阳天里的愁思》《旷野里》《公牛》《山上的小屋》《我在那个世界里的事情》《天堂里的对话》《天窗》，中篇小说有《黄泥街》《苍老的浮云》，长篇小说有《突围表演》等。

她像一棵倔强的花草，顽强地生长着，在风雨中滋润磨炼，最后绽放出美丽芳香的花朵。